"좋은 인연이 되어주셔서 감사합니다."

님께
_____

드립니다.

년   월   일
_____

_____

울다 지친 당신을 위한 공감과 위로

한번쯤은 내맘대로

김선아 지음

모아북스
MOABOOKS

서로 다른 삶의 방식

　사람은 누구나 다른 사람과 함께하고 싶어 합니다. 아무리 혼자 있기 좋아하는 사람이라 하더라도, 타인의 도움이 필요하고 다른 사람과 관계를 유지하고 싶어 합니다.

　하지만 삶의 방식은 누구나 다릅니다. 아침에는 몇 시에 일어나야 하고 밤에는 몇 시에 자야 하는지, 아침밥은 몇 시에 먹어야 하는지, 옷은 어떤 것을 입는지, 김치찌개를 좋아하는지 된장찌개를 좋아하는지, 돈은 얼마를 벌어야 하는지, 종교는 무엇인지, 인생의 목표는 무엇인지……. 사소한 것부터 거창한 것까지 방식도, 선호도도, 기대하는 것도 너무나 다릅니다. 그것은 개개인의 기질과 성격, 살아온 환경이 절대로 같을 수가 없기 때문일 것입니다.

그렇다면 이 세상에서 가장 가까운 사람들, 함께 사는 가족은 어떨까요? 특히 '일심동체' 라고 하는 부부는 어떨까요? 부부는 정말 몸과 마음이 하나일까요?

핏줄로 이어진 가족은 가치관도, 욕망도, 기대도 똑같을까요? 자식은 부모가 생각한 대로 자랄까요?

절대로 그렇지 않을 것입니다.

하늘의 별이라도 따다 줄 것 같았던 남자 친구가 결혼하고 나니 '영원한 내 편' 은커녕, 제멋대로이고 속을 알 수 없는 '남의 편' 이 되어버리기도 합니다.

결혼 전에는 자신의 모든 것을 이해해주고 받아줄 것만 같았던 여자 친구가 결혼하고 나니 온종일 잔소리를 퍼붓는 마누라로 변하기도 합니다.

그래서 부부는 '내가 속았다' , '당신이 이럴 줄 몰랐다' 라며 다투기도 하고, 심지어 원수가 된 것처럼 갈라서기도 합니다.

과연 상대방이 변했기 때문일까요?

결혼이라는 것이 과연 상대방을 내 취향에 맞게 바꿀 수 있는 권리였을까요?

정말로 남편을, 아내를 내가 원하는 대로 바꿀 수 있을까요?

따로 또 같이 살아가는 이유

사랑의 결실로 낳은 자식은 어떨까요? 갓 태어난 아기를 보며 부부는 '그저 건강하게만 자라다오' 라고 말합니다. 하지만 아이가 크면서 '그저 건강하게만' 이라는 소망은 온데간데없고 부모가 바라는 많은 것을 아이가 해내기를 요구하곤 합니다. 그리고 이렇게 말합니다.

"이게 다 너 잘되라고 하는 소리야. 다 너를 위해서야."

그러고는 "자식이 내 맘대로 안 된다"고 한숨을 쉽니다. 혹은 "내가 너한테 어떻게 했는데!"라며 배신감을 느끼고 화를 내기도 합니다.

하지만 애초에 자식이라는 존재가 부모 마음대로 할 수 있는 존재였을까요? '너를 위해서' 라는 명목으로 너무 많은 굴레를 씌우며 키웠던 것은 아닐까요?

인간은 한 사람, 한 사람이 같지 않습니다. 가정에서, 직장에서, 사회에서 늘 누군가와 함께 어울려 사는 것 같지만, 모든 사람이 똑같이 생각하고 행동한다는 건 있을 수 없는 일이지요. 그래서 우리는 따로 살면서도 같이 살아가는 존재인지 모릅니다.

내가 가진 기준, 나의 잣대, 나의 판단으로 상대방을 좌지우지하려 들면 싸움이 생기고 실망과 갈등이 생깁니다. 안타깝게도 우리는 이 사실을 종종 잊어버립니다.

'이건 이렇게 해야 하고, 저건 저렇게 해야 하고', '아내니까, 남편이니까, 자식이니까 당연히 이래야 한다'는 수많은 규칙과 잣대를 요구합니다. 내 기준의 잣대를 지켜주고, 내가 맞다고 생각하는 규칙을 지켜주면 '좋은 사람, 착한 사람'이 됩니다. 하지만 내가 요구하는 규칙과 기준에 조금이라도 어긋나는 말과 행동을 하면, 그 사람은 '천하에 나쁜 사람, 못된 사람'이 되어버립니다.

그래서 따로 또 같이 살아야 하는 사람들임에도 불구하고, 좀 더 힘 있는 사람이 요구하는 기준에 따르는 것만이 옳은 것이라 받아들여집니다. 그렇지 않은 사람은 잘못된 사람, 이기적인 사람, 못된 사람이 되어버리는 것입니다.

한쪽으로 치우치지 않기

우리에게는 미처 의식하기도 전에 주입된 수많은 기준과 규칙이 있습니다. '이건 이래야 하고 저건 저래야 당연한 것'이라는 그 규칙은 주로 윗사람이 아랫사람에게, 권력 있는 사람이 없는 사람에게 강요하기도 하지만, 지금 이 순간에 내가 남에게 끊임없이 요구하고 기대하는 지도 모릅니다.

부모가 자식에게, 시어머니가 며느리에게, 상사가 아랫사람에게, 교사가 학생에게, 윗세대가 아랫세대에게, 남편이 아내에게 혹은 아내가 남편에게…… 상대방의 가치관과 생각까지 한쪽의 기준으로 맞추라고 하지요. 부모에게는 순종해야 하고, 반드시 좋은 대학에 가야 하고, 결혼은 어떤 사람과 해야 하고, 결혼하고 나면 어떻게 살아야 한다고 말합니다. '학생은 이래야 한다, 며느리는 이래야 한다, 남자는 이래야 한다, 여자는 이래야 한다, 젊었을 땐 이래야 한다, 나이 들면 이래야만 한다' …… 마치 그 규칙만이 절대적으로 옳은 것처럼 말이에요.

이런 규칙에는 중요한 특징이 있습니다. 바로 '한쪽으로만 치우쳤다' 는 점입니다. 그리고 그 한쪽과 조금이라도 '다르면', '틀린 것' 으로 치부한다는 점입니다.

원래 우리나라는 '나' 보다 '우리' 를 강조하는 집단문화였습니다. 개인의 차이가 존중되기보다는 집단 전체를 위해 개인이 희생하는 것이 '착한 것' , '옳은 것' 이라고 가르쳤습니다. 그러다 보니 우리 안에 알게 모르게 '나와 다른 것' 은 나쁜 것, 위험

한 것으로 인식됩니다. 그러다 보니 '별나게 굴지 마', '튀면 안돼', '나대지 마', '여자답게 굴어', '학생답게 처신해' 등의 말을 너무 쉽게 남에게 합니다.

이러한 명령과 강요의 또 다른 특징은 바로 '개인의 행복'을 전혀 존중해주지 않는다는 점입니다. 그래서 우리 주변엔 착하지만 불행한 사람, 성공했지만 공허한 사람, 순종하지만 화가 많은 사람이 정말 많지요. 더구나 여자에게는 어려서부터 나이 들어서까지 '이래야 한다, 저래야 한다' 하는 틀이 너무나도 많이 요구됩니다. '딸은 이래야 한다, 결혼 전에는 이래야 한다, 결혼은 어떤 남자와 해야 한다, 이러이러한 어머니가 되어야 한다' ……

이런 수많은 정체불명의 잣대는 과연 누구를 위한 것일까요? 그것이 우리를 행복하게 해주었을까요? 그 규칙과 기준을 다 지켰을 때, 한 사람의 여자로서, 사람으로서, 당신은 진정 행복해지던가요?

갇힌 삶에서 벗어나기

이제는 개인의 자유와 행복을 빼앗아가는 잣대와 규칙에 의

문을 가져야 합니다. '사랑한다' 는 이유로, '가족' 이라는 핑계로, '부부' 라는 구실로 타인의 생각과 가치관을 인정하지 않고 '틀렸다' 고 하는 것은 더 이상 사랑이 아니라 폭력이기 때문입니다.

나만의 가치관과 사고방식을 뚜렷히 갖추는 일은 중요합니다. 하지만 그것을 남에게 강요하면 폭력이고, 반대로 남의 요구를 그저 무조건 참고 받아들이는 것도 자신에 대한 폭력입니다. 그것은 결국 화를 부르고, 갈등을 불러일으킬 뿐입니다.

의문을 가지는 데서 한 발 더 나아가, 벗어나기 위한 용기를 가져야 합니다. 나를 불행하게 만들던 감옥에서 스스로 벗어나야 합니다. 남이 나에게 요구한 틀, 내가 남에게 기대한 틀은 절대적으로 옳은 것이 아니기 때문입니다.

어렸을 때 우리는 나중에 커서 뭐든지 할 수 있다고 믿습니다. 대통령도 되고 달나라에도 가고……. 하지만 점점 커가면서 내 맘대로 되는 건 하나도 없다는 걸 배우게 됩니다. 부모가, 어른이, 사회가 요구하는 대로 받아들이고 순응하는 데 점점 익숙해졌습니다. 감옥에 갇히지는 않았지만 스스로 만든 마음의 감옥에 갇혀버린 것이지요.

하지만 그렇게 살다 보면 마음은 병들고, 아무에게도 이해받지 못하는 서러움만 쌓여갑니다. 화가 나고, 실망감과 배신감을 느끼고, '대체 무엇을 위해 살아왔나?' 라는 의문에 휩싸입니다. 내 마음에 공감해줄 사람을 찾지 못한 채, 눈물을 삼키며 화병에 걸려버립니다. 왜냐하면 이제까지 살아온 삶 속에 '진짜 나' 는 없었기 때문입니다.

한번쯤은 내맘대로

당신의 삶과 나의 삶은 다릅니다. 그 누구와도 같지 않고, 그 누구와 같을 필요도 없습니다. 남편이든 자식이든 다른 누군가가 나의 꿈과 행복을 이루어줄 수는 없습니다. 그러니, 이렇게 생각해보는 건 어떨까요?

'내 생각이 정답이 아닐 수도 있다.'

'내가 옳다고 생각한 게 꼭 행복한 길은 아닐 수도 있다.'

'나는 너와 다르다. 너는 나와 다르다.'

오랜 시간 동안 화를 삭이고 참으며 울다 지친 마음을 이제는 스스로 보듬어 주어야 합니다. 다른 이의 말에 귀 기울일 뿐만 아니라, 내 마음속 목소리에 귀 기울일 필요가 있습니다. 자신을 옥죄고 가둔 '누군가의 자식, 누군가의 배우자, 누구의 부모'의 틀에서 빠져나와 온전히 나를 이해해주고, 타인에게서도 한 발 물러서는 용기.

행복은 누군가가 쥐어주는 것이 아니라 내 안에서 싹틉니다. '한번쯤은 내 마음대로 해도 괜찮아', 그리고 '한번쯤은 당신 마음대로 해도 괜찮아'라고 속삭일 때, '진짜 내 것'인 인생이 시작될 것입니다.

가장 빛나는 여자의 삶

대한민국 평범한 아줌마로서의 자부심!
제가 가진 거라곤 그거 하나뿐이었죠.
그저 남들처럼 두 아이의 엄마로, 아내로……
어느덧 청춘의 꿈은 저만치 멀어졌어도
아이들과 남편과 하루하루 지지고 볶으면서,
때론 행복하다가도 때론 전쟁 같은
아줌마로서의 일상에 지쳐가던 무렵……

그동안 속에만 담아뒀던
즐거움, 외로움, 하소연, 한숨과 웃음을
동네 아줌마들과 수다 떨 듯이 그대로 써내려갔습니다.
그렇게 써낸 저의 첫 책

《돌직구 아줌마의 공감수다-따져봅시다》는
상상도 못 한 많은 독자 여러분들의 호응을 받게 되었지요.
대한민국의 많은 아줌마 독자들은 물론이고
그 아줌마들의 남편인 아저씨 독자들까지!

저의 수다에 울고 웃고 공감하고 맞장구 쳐주신 덕분에,
책읽기와 글쓰기를 즐기며 한때 MBC 방송아카데미에서
드라마 작가를 꿈꿨던 청춘의 꿈이 그때보다
더 크게 이뤄진 것처럼 뿌듯하고 가슴이 벅차올랐습니다.
그리고 그런 벅찬 마음속으로
한 걸음 더 깊이 들어가 이 책을 쓰게 되었습니다.

이 책 《한번쯤은 내맘대로》는
제가 쓴 연극 대본을 바탕으로 재구성한 에세이입니다.
달콤한 반전 공연을 목표로
열심히 무대에 올린 준비를 하고 있습니다.
다섯 여인의 이야기를 통해 공연이라는 형식으로
미처 다 말하지 못한 저의 수다를 따로 해보고 싶었습니다.
가족, 소통, 사랑, 자아, 욕망 등 거창한 키워드가 아니더라도
우리 삶에서 일어나는 에피소드, 누구나 한 번쯤 경험했거나

들어보았을 법한 일상의 이야기 속에서 각자의 모습을
돌아보는 기회를 드리고자 애썼습니다.

이 책에 나오는 다섯 명의 여인들은
지난 번 책《따져봅시다》에서 했던 수다보다
한층 더 가슴 아픈 속이야기를 털어놓을 거예요.
아주 젊은 아가씨부터 황혼에 이른 다양한 나이대의
그녀들은 몸에 크고 작은 부상을 입고
어느 병원 재활병동에 입원한 환자들입니다.
다친 이유도, 살아온 환경도, 나이도 성격도 제각각인
다섯 여인들이 우연히 한 병실에서 만나 여러 날을 함께
지내면서 말다툼도 하고, 밥도 같이 먹고
서로 위로도 해주고, 마음이 상해서 모진 소리도 하고
심지어 머리끄덩이를 잡거나 따귀도 때리고
말 그대로 지지고 볶으며 시끌벅적
바람 잘 날 없는 병실 동기가 되어갑니다.

다리가 부러진 환자, 허리 디스크인 환자,
부상을 입은 환자……. 다친 곳은 저마다 다르지만
어쩌면 그녀들이 정말 아픈 곳은 마음이었는지도 몰라요.

그녀들에게는 어떤 아픈 사연과 비밀이 있었을까요?

이 책은 모두 Part 5의 연극대사로 구성되어 있다.

'Part 1 소금쟁이 같은 여자의 인생' 은
맏딸로 자라 평생 큰소리 한 번 안 내고
자식 잘 되기만을 바라며
조심조심 살아왔던 은영 씨의 이야기입니다.

'Part 2 내 나이가 어때서?' 는
유쾌하고 푸근한 60대의 옥자 아주머니의 이야기입니다.
맛깔 나는 반찬을 싸와 나눠주고 음악 듣는 걸 좋아하지만
그녀에게도 아픈 과거와 현재가 있습니다.

'Part 3 욕망도 허락이 필요한가요?' 의 도희 씨는
누가 봐도 똑 부러지고 도도하고 유식해보이는
직장 여성입니다.
남편이 전업주부가 되어 살림을 하는 대신
그녀가 바깥일을 할 정도로 능력이 있지만,
그녀는 뜻밖의 비밀을 털어놓습니다.

'**Part 4** 크리스털 만큼 반짝이지 못해도' 의 수정 씨는
괄괄한 성격에 입도 거친 와일드한 아줌마입니다.
하지만 겉으로 보이는 센 모습 뒤에는
한없이 여리고 상처 가득한 여인이 숨어 있지요.

'**Part 5** 터널 끝의 빛' 의 진아는
청춘의 문턱에 갓 들어선 어린 아가씨이지만,
웬일인지 고슴도치처럼 가시를 세우고
누구에게나 화를 냅니다.
싸가지 없는 이 아이를 품어줄 수 있는 사람은 누구일까요?

다섯 여인들의 이야기를 함께 따라가다 보면,
어느덧 독자 여러분도 5인 병실의 그녀들 옆에서
울고 웃고 함께하고 있을 거예요.
그리고 그것이 남의 얘기가 아니라 여러분의 인생과
다르지 않으며, 오직 여러분을 위한 위로의 노래임을
알 수 있을 겁니다.
시끌벅적한 다섯 여인들이 지금부터 여러분에게
달콤함을 들려드립니다!

김선아

차 례

제목에 붙여   006

머리말 : 가장 빛나는 여자의 일생이란   015

Part 1 | 소금쟁이 같은 여자의 인생
: 은영의 이야기

당신의 이름은 무엇인가요?   026

미안한 걸까, 미운 걸까   030

내 편이 남의 편이 될 때   034

사랑이라는 이름의 올가미   038

소유가 아닌 자유   041

이거알아요? 말하지 않으면 모른다   045

네가 원하는 곳으로 날아가렴   047

내 이름 석 자   051

Part 2   내 나이가 어때서?

                                            : 옥자의 이야기

내 맘처럼 안 되는 인생   056

고생 끝에 낙이 온다고?   059

내 남편만은 아닐 줄 알았더니   063

다 내려놓고 허허실실   066

여전히 살아 있는 내 안의 소녀   069

상처만은 주지 말자   073

나이? 그까짓 거 뭣이 중헌디!   076

이거알아요? 사랑도 연습이 필요해   079

이거알아요? 나중에 행복해질 생각이라면 포기해   081

Part 3   욕망도 허락이 필요한가요?

                                            : 도희의 이야기

욕망은 나이 들지 않는다   084

사랑받고 싶은 것도 죄인가요?   087

가족이라는 이름의 죄인   091

이거알아요? 마음의 문을 닫은 건 누구도 아닌 나 자신 094

당신도 여자입니다 096

인생의 봄날은 바로 오늘 099

이거알아요? 불행에는 점수를 매길 수 없다 103

Part 4 크리스털만큼 반짝이지 못해도
: 수정의 이야기

내 이름은 내가 선택해 106

상처받은 사람의 눈빛 109

가슴에도 묻을 수 없는 존재 112

이거알아요? 콤플렉스는 누구나 있다 116

마음을 닫으면 볼 수 없는 것들 117

터널 속 한 줄기 빛 120

인연이라는 선물 123

이거알아요? 상대방이 나를 위해 바뀌어야 한다고? 127

Part 5   터널 끝의 빛
                                          : 진아의 이야기

대화가 아니라 잔소리?   130

이거알아요? 사랑과 미움은 동전의 양면   133

정신병 아닌 사람도 있어요?   135

결국 혼자 남겨둘 거면서   138

이거알아요? 진짜 대화는 눈을 보면서   143

그래도 사는 날까지는   145

이거알아요? 남한테 받고만 싶은 마음   149

저 하늘에 깜빡이는 별   151

맺은말: 후회하고 싶지 않아   154

Part 1

소금쟁이 같은 여자의 인생

- 은영의 이야기

당신의 이름은 무엇인가요?

'결혼은 미친 짓' 이라지만
기왕 하는 미친 짓,
제대로 미쳐보기라도 할 걸……
맘껏 미쳐보지도 못하고
왜 이렇게 바보 같이 살았을까요?

결혼하기 전에는
누구네 집 맏딸, 누구의 누나,
결혼하고 나서는
남편의 마누라, 어느 집 며느리, 아무개 엄마……

잊은 건지 잃은 건지

내 이름은 사라지고
이제는 병든 몸뚱이만 남았네요.

시든 몸, 푸석한 피부, 생기 잃은 눈빛
한 번이라도 내 한 몸 위해준 적이 언제였는지
내 걱정 해준 사람이 누구였는지
이제는 기억도 가물가물한데
계단에서 발을 헛디뎌 다리가 부러지고
깁스를 한 채 5인병실에 입원하고 나서야
온전히 갖게 된 자유,
온전히 생긴 내 시간,
온전히 확보된 내 공간.

그리고
누군가가 온전히 불러주는 내 이름 세 글자,
박, 은, 영.
"동현이 어머님!" 이 아니라,
의사와 간호사가
"박은영 씨!"
"박은영 환자분!"

이렇게 내 이름을 부를 때마다
왠지 낯설어서
괜지 남의 이름 같아서
주눅 들고 주춤하던 내 모습.

'그러지 말자' 하면서도
나도 모르게
같은 병실 동료 환자들 눈치를 보며
혹시나 밤에 내 잠꼬대 소리로 민폐 끼치지는 않는지 ,
나 때문에 신경 쓰이지는 않는지 ,
나보다 남을 더 먼저 생각하는 내 모습

왜 내 몸 아파 입원해서까지
내가 아닌 다른 누군가를
먼저 생각하는 걸까요?

이제는 그러지 않기로
나 자신과 약속해요.
이제부터는

하나뿐인 내 이름에
익숙해지기,
오랜 세월 보듬지 못했던
내 몸을 챙겨주기,
그리고
슬픔으로 가득했던
내 인생 위로해주기.
오직 나만을 위한 위로,
나를 위해 꼭 해주기.

미안한 걸까, 미운 걸까

'가지 마! 제발!'
번쩍 눈을 떠보니
등에 식은땀이 흥건해요.
간밤에 또 악몽을 꾼 모양이에요.

제가 또 헛소리를 하던가요?
죄송해요, 옆 침대 옥자 어르신!
미안해요, 그 옆의 수정 씨, 도희 씨.
그리고 나 때문에 더 예민해졌을 진아 양,
미안해요, 다들.
나 때문에 신경 쓰이게 해서……

생각해보면
내 인생은 그저 미안함뿐이네요.
어디서 무얼 하든
'미안해요'라는 말이 먼저 튀어나와요.
오래전 세상을 떠난 친정 엄마한테도
친정 동생들에게도
각방 쓴 지 오래된 남편에게도
그리고 소중한 내 아들한테도…….

미안함이 쌓이고 쌓여
더 주체할 수 없을 지경이 되면
그저 미운 마음만 솟아나오는데
갱년기인지, 우울증인지, 마음의 병이 깊어져서 인지
전에는 하지도 못하던
모진 말들이 내 입에서 쏟아져 나오네요.

면회 오겠다는 남편에게
"올 필요 없어! 글쎄, 싫다고! 오지 마!"
모질게 소리를 지르고 전화를 끊어버린 건
남편이 병원까지 오게 하는 게 미안해서였을까요,

아님, 그저 '남의 편' 같은 남편이

꼴 보기 싫고 미워서였을까요?

형편이 어려워 하소연을 하던 친정 동생에게

"잠깐… 너희들한테 나는 도대체 뭐니? 언제까지 이럴 거야?

내가 지금 다리가 부러져서 병원에 누워 있어!

내가 어떻게 지내는지는 안중에도 없니?

제발 그만들 좀 해!

너 그러지, 둘째 그러지!

이제는 도저히 아무것도 못 하겠어.

어떤 때는 숨도 잘 안 쉬어진다고!"

나도 모르게 쏟아붓고는

휴대폰을 내려놓고 망연자실……

멍하니 있다 문득 정신 차려보니

고개 숙인 내 얼굴은 눈물로 범벅이 되어 있네요.

평생 이렇게 매몰차게 말해보지 못하고 살았는데

더 이상 나만 받아주고

나만 참고 견디기가 너무 힘들었어요.

휴대폰이 울리면 그게 누구든

반가운 게 아니라 심장부터 쿵쿵거리고

또 무슨 일로 때문에 나를 괴롭히려는 건지,
또 무슨 소리를 들어줘야 하는 건지.
가슴에 열불부터 나서 화를 내지만
화를 낸들 마음이 풀리기는 커녕
또 후회되고, 또 미안하고…….

여자의 인생은 한평생
뭐가 그리 미안한 건지,
얼마나 많은 미움이 쌓여온 건지…….
어쩌면 미안함은
미움의 또 다른 이름이 아닐까요?

내 편이 남의 편이 될 때

한때는 내 인생에도 봄날이 올 거라고
꿈꿨던 적도 있어요.
한때는 나도 언젠간
동화 속 신데렐라처럼
사랑을 하고
사랑을 받고
'행복하게 오래오래 살았습니다' 라는
해피엔딩을 맞이하지 않을까
핑크빛 로맨스를 꿈꾸기도 했지요.

하지만 '내 편' 인 줄 알았던 남편이
완벽한 '남의 편' 이 되어버리는 건 한순간이더군요.

밤늦게 귀가한 남편에게서
술 냄새에 섞여
다른 여자의 싸구려 향수 냄새가 풍겼을 때
온몸의 피가 다 빠져나가는 듯한 절망을
경험해본 적 있나요?

"당신이 어떻게 나한테 이럴 수 있어?
당신이 그러고도 사람이야?"
너무 화가 나 처음으로 남편에게 악을 쓰자
한쪽 뺨과 귓불에서 불이 번쩍 나고
남편이 내게 손찌검을 했다는
믿을 수 없는 사실을 알아차리기도 전에
난 알 수 있었어요.
이제 더 이상 '내 편'은 이 세상에 없다는 걸.

그녀가 누군지는 궁금하지 않았어요.
하지만 묻고 싶었지요.
그녀, 혹은 '그녀들'에게.
잠시 왔다가 그냥 스쳐지나가는 당신네들의 바람 때문에

얼마나 많은 아내가
얼마나 많은 가정이
얼마나 많은 가족이
이 세상을 지옥으로 느끼며 살게 되는지
눈에서 피눈물이 나는지
심장이 싸늘하게 식는 고통을 겪는지
알고는 있나요?

유부녀이면서, 다른 집 유부남과
바람을 피우고 있다는 도희 씨 말에
내 남편에게 화가 났던 것만큼이나
나도 모르게 너무 밉고 화가 났어요.
부부의 사랑은 처음부터 아무것도 아니던가요?
사랑하면 끝까지 서로 책임을 져야지,
그렇지 않다면 그게 무슨 부부인가요?
'사랑'이라는 단어가 그렇게 쉽게 만났다가
서로 헌신짝 버리듯 헤어지는 데 쓰는 단어인가요?

그래요, 누군가는 이렇게 말하죠.
세상 부부들 다 그러고 산다고.

남자는 착한 마누라보다는
지나가는 못된 여자에게 더 눈길이 가는 법이라고.
요즘 세상에 바람 한 번 안 피우고 사는 사람이
어디 있느냐고……

하지만 세상 사람들 다 그렇다고 해도
난 그렇게 살고 싶지 않았어요.
살면서 이혼을 생각해보지 않은 부부가 몇이나 되겠어요?
그렇지만 나는 바람을 당연한 듯이
정당화시켜서는 안 된다고 생각해요.

아무리 내 남편이
내 편이 아니라 하더라도
그것이 내가 지키고 싶었던 마지막 도리,
혹은 마지막 의리였는지도 몰라요.

사랑이라는 이름의 올가미

남편 없이는 살아도 자식 없이는 못 사는
'엄마' 라는 이름의 여자.
내 인생이 딱 그랬어요.

남편에게서 낯선 여자의 냄새가 나도,
더 이상 같은 방을 쓰지 않아
한 지붕 아래 남보다도 먼
이름뿐인 부부가 되었어도,
나에겐 유일한 희망이 있었어요.

내 아들 동현이.
그 애에게 내 모든 걸 걸었어요.

"난 너밖에 없어!
너는 엄마의 유일한 희망이야!
우리 아들 사랑해!"
늘 이런 말을 해주며
단 한 순간도 아들을 사랑하지 않은 적이 없어요.

처음 내 품에 안고 젖을 물린 순간부터
하나부터 열까지 내 손이 닿지 않은 곳이 없는
내 아들, 내 새끼…….

평생 누군가를 위해 희생하며 살아왔던 내 인생,
그래서 늘 외롭고 허전하고 억울했던 내 인생에서
유일하게 내 모든 걸 기꺼이 바치고 싶던
나의 분신, 나의 인생, 나의 미래.

어릴 때부터 공부를 잘하던 아들이 어엿하게 성장해
우수한 성적으로 미국 유학길에 올랐을 때
공항 출국장 앞에서
훌쩍 키가 큰 아들을 품에 안으며
이렇게 생각했어요.

'사랑하는 내 아들아,
보란 듯이 성공해줘.
엄마의 한을 풀어줘.
엄마의 자랑이 되어줘.
엄마의 마지막 희망은 오직 너밖에 없어.'
그때 아들의 미래는, 아니, 나의 미래는,
'불행 끝, 행복 시작'이 될 거라고 굳게 믿었어요.

그땐 미처 몰랐어요.
아들이 내 인생을 대신 살아줄 순 없다는 걸,
내 사랑이 아들의 삶을 질식하게 만들 수도 있다는 걸,
부모의 한과 외로움이 사랑의 탈을 쓰고
자식을 옥죌 수도 있다는 걸
일찍 알아차렸어야 했어요.
지금에야 알게 된 것을
그때 미리 알았더라면…….

소유가 아닌 자유

부모가 생각하지 못한 길을
자식이 가겠다고 할 때
부모는 배신감을 느끼며 펄쩍 뛰고 자식을 나무라지요.
자식이 하는 말을 귀담아듣지 않아요.
그게 모든 불행의 시작인 줄도 모르고 말이에요.

그래요. 난 내 아들이 하는 말에 귀를 기울여야 했어요.
낯선 땅에 유학 간 아들이
"엄마! 나 사실 힘들어!
유학 포기하고 귀국하고 싶어. 낯설고 두렵고 외로워!
내가 여기서 왜 이 공부를 해야 하는지 모르겠어.
이건 내가 원하는 인생이 아니야!"

이렇게 힘들어할 때도 나는 다그치기만 했어요.

"조금만 참아! 다 너를 위한 길이야!

당분간은 여자친구도 사귀지 말고! 알았지?"

그리고 엄마의 사랑만을 강요했어요.

"나한테는 너밖에 없어!

엄마가 누굴 의지하고 사는데!"

"왜 엄마는 나를 사랑한다면서 아무것도 하지 말라고 해?

자꾸 그러지 마. 엄마 때문에 숨 막혀. 숨이 막힌다고!

내가 엄마의 인생을 대신 살아줄 수 없어.

그냥 여기서 멈춰줘!"

그땐 왜 아들 얘기가 들리지 않았을까요?

아들의 그런 말이 왜 그저 철없는 투정이라고 생각했을까요?

타국 땅에서 아들이 어떤 시간을 보내는지

나는 알려고도 하지 않았어요.

그저 아들이 따올 학위와

장밋빛 미래에만 관심이 있었지요.

그래서 아들의 고백도 믿을 수 없었어요.

아니, 믿고 싶지 않았습니다.

"더 이상 이 공부 하고 싶지 않아.
그리고 나 사랑하는 사람이 생겼어.
제임스라고…… 내 룸메이트와 나, 서로 사랑해.
나도 내가 남자를 사랑하게 될 줄 몰랐어."

이런 폭탄 선언을 하는 아들에게,
난 너무 놀라 아무 말도 못했고
남편은 다짜고짜 손찌검부터 했어요.
"힘들게 유학 보내줬더니, 뭐가 어쩌고 어째?
당장 나가! 넌 이제부터 내 아들이 아니다!"
아들은 말없이 눈물만 뚝뚝 흘리더니
내 손을 뿌리치고 뛰쳐나갔습니다.
그것이 아들의 마지막 모습일 줄, 그때는 몰랐어요.

훗날 아들이 남긴 유서에는 이렇게 씌어 있었어요.
"엄마! 나에 대한 기대가 집착이 되어가는 엄마가 무서워서
늘 내 자신을 드러내지 못하고 숨기며 살았어요.
그런데 제임스는 제 인생에 유일한 탈출구였어요.
엄마가 나를 지키기 위해 아버지와 이별을 결심했을 때
제가 그토록 벗어나고 싶었던 엄마가

제겐 전부였다는 걸 알았어요. 이제 저를 놔주세요.
<u>엄마의 인생을 멋지게 살아가주세요.</u>
그게 제가 바라는 일이에요.
별이 되어 엄마를 지켜줄게요. 사랑해요, 엄마."

밤마다 몽유병이 시달린 건 그때부터였습니다.
꿈속에서 아들의 얼굴을 어루만지며 눈물을 흘렸어요.
"어서 와라, 우리 아가! 밤마다 너를 기다려.
네가 안 오면 엄마 너무 외롭고 힘들어."
하지만 아들은 너무 빨리 나를 떠났어요.
"엄마, 오늘은 너무 늦었어. 가볼게. 나 기다리지 마요."
"안 돼! 가지 마, 아들! 제발 가지 마!"
꿈속에서 아들을 찾아 헤매다,
맨발로 집을 뛰쳐나가 밤길을 떠돌곤 했습니다.
이번에 다리가 부러진 것도 그 때문이었어요.

어쩌면 난 아들에게 미처 못한 말을 해주려고
밤마다 꿈속에서 아들을 기다렸는지도 몰라요.
"너를 보내줄게. 훨훨 날아가서 네가 하고픈 것
<u>자유롭게 실컷 하며 살아.</u>"

말하지 않으면 모른다

마음속 진심은
말하지 않으면 전달되지 않는다.

속마음을 말하지 않는데
상대방이 저절로 알아주길 바랄 때
불평과 싸움이 생기고
마음에는 분노가 쌓인다.

그러므로 진심은 담아두는 것이 아니다.
진심을 말하기를 미루면
상대방은 영영 알지 못한다.

'최선을 다해줘서 고마워.'
'그런 말 해서 미안해.'

'내 마음은 그게 아니었어.'
'너를 사랑해.'

마음을 전하는 말은
미루지 않을수록 좋다.
아니, 미루지 말아야 한다.

네가 원하는 곳으로 날아가렴

"당신, 그러다 죽을 수도 있어.
밤마다 맨발로 그렇게 또 뛰어나가다간
이번에는 뼈가 부러지는 정도가 아니라
더 큰 사고가 날 수도 있다고.
당신 정신과 상담, 나도 같이 오라고 하더군.
시간 없어. 이따 곧바로 출장 가야 해.
이번 출장은 좀 길어질 거야."

병실을 찾아온 남편 얼굴을 보는 건
여전히 쉽지 않았습니다.
난 그동안 남편을 미워했습니다.
아니, 증오했습니다.

힘들게 고백하던 아들에게 남편이
"넌 내 아들이 아니다"라는 말만 하지 않았어도
아들이 그 먼 길을 떠나지는 않았을 텐데…….
남편을 원망하고 또 원망했어요.
아무리 미워도 부부의 의리는 지키려 했던
나의 선택이 후회스러웠습니다.
진작 이 남자와 헤어져야 했다고…….

하지만 못 보는 사이에 흰머리가 확 늘어난
남편의 뒷모습을 보는 순간
그동안의 미움도 증오보다
무의미하다는 생각이 들었습니다.
남편에게 이렇게 말했어요.
"그 얘기라면 괜찮아요. 이제 다 내려놨어요.
정신과 상담, 안 받아도 괜찮아요."
"무슨 소리야? 가슴에 묻어놓은 자식을
그렇게 쉽게 떠나보낼 당신이야?"
의아해하는 남편에게 이야기했어요.
"이제 동현이 떠나보냈어요.
그래요. 내가 그 아이를 나만의 아바타로 만들었어요.

다 나 때문인 거 맞아요.
날 힘들게 하는 당신에게서 벗어나고 싶었어요.
아들을 이용해서요.
동현이가 아니었음 나도 이 세상 사람이 아니었을 거예요.
그 아이는 스스로 목숨을 끊었고
그 아이를 아들로 인정하지 않고 버린 당신과
그런 당신을 버린 나만 살아있어요.
제일 사랑하던 아들을 잃고 나서야
난 비로소 살아볼 마음이 생겼어요.
그 누구도 아닌 나 자신을 위해서
과거에 집착하는 삶은
이제 여기서 끝내고 싶어요.
그게 우리 아들이 가장 원한 거니까요."

그날 밤, 꿈속에서 나는 처음으로
아들을 붙잡지 않았어요.
"미안해 아들! 내가 너를 그렇게 만들었어.
정말 미안해. 너를 떠나보낸 것도 다 내 탓이야.
네 아빠를 용서하렴.
그리고 이 엄마를 용서해주렴."

흰 옷을 입은 아들은
어느 때보다도 평화로운 표정으로
내 손을 잡아주고 내 이마에 입맞춤을 하며 말했어요.
"엄마! 저 이제 엄마 보러 그만 올게요."
"그래. 어서 가! 뒤돌아보지 말고 가렴."
조심스레 병실 문을 닫고 나가는 아들의 뒷모습을,
닫힌 문을 오랫동안 쳐다보았습니다.

그리고 아들에게 마지막 인사를 보냈습니다.
"사랑한다, 내 아들, 내 아가. 잘 가거라."

내 이름 석 자

'시' 자 들어간 건
시금치도 싫고
시큼한 것도 싫다며
며느리들은 진저리를 칩니다.
하지만 일찍 친정 엄마를 여읜 저에게
시어머니는 기꺼이 어머니가 되어주셨어요.

'딸 같은 며느리', '엄마 같은 시어머니'
누군가는 그런 관계는 절대 있을 수 없다며
손사래를 치겠지만
사실 저는 시어머니에게 특별히 잘하려고 하거나
특별히 잘 보이려고 애쓰지는 않았어요.

처음에는 당연히 어렵고 어색했지만
그냥 자연스럽게 의지하고 정 붙이고……
그게 편하고 좋았어요.
남편이 나를 힘들게 할 때면
시어머니에게 전화해서 수다도 떨고
찜질방에도 모시고 가고
둘이 모녀처럼 팔짱 끼고 맛있는 것도 먹으러 가고…….

재작년에 시어머니가 돌아가셨는데
오늘 따라 많이 그립네요.
왜 사랑하는 사람들은 다들 일찍 떠나가는지…….
그리운 친정 엄마
그리운 시어머니
그리운 내 아들…….
내가 사랑했던 사람들을 떠올려보면
<u>외롭고 힘들던 내 인생</u>에도
늘 사랑이 가득했었다는 생각이 듭니다.

<u>언젠가 소금쟁이가 물 위를 걷는 걸 봤어요.</u>
가느다란 다리로 조심조심……

어쩜 꼭 내 맘 같은 거예요.
저에게 삶은 늘 그렇게
위태롭고 불안정했어요.
돌이켜보니 아무도 내게 그러라고 한 적 없었는데…….
두려움이 많아서였어요.
두려워하고, 주눅 들고, 자신도 없어서
늘 다른 사람 눈치만 보고
내 삶을 사는 게 어떤 건지 몰라서
자식이 대신 내 삶을 살아주길 바라고…….

이젠 더 이상 그렇게 살지 않을 거예요.
이 깁스를 풀고 첫 걸음을 내디딜 때쯤이면
다시 모든 걸 시작하려 해요.
엄마로서도, 아내로서도, 머느리로서도 아닌
박은영이라는 이름을 가진 여자로,
그리고 사람으로요.
아들이 말해준 것처럼
다른 누구도 아닌
내 인생을 멋지게 살려 해요.

Part 2

내 나이가 어때서?

- 옥자의 이야기

내 맘처럼 안 되는 인생

이봐, 애기 엄마들!
이거 내가 직접 싸온 멸치볶음인데, 좀 들어봐.
짜지도 달지도 않고 딱 먹을 만할 겨.
병원 반찬은 영~ 내 입맛에 안 맞아서 말여,
여기 올 때는 꼭 밑반찬을 싸온다니까!

그나저나 저쪽 침대에 젊은 아가씨는 밥을 통~ 안 먹네.
저렇게 안 먹고 어떻게 산담. 쯧쯧.
그래도 이렇게 같은 병실 친구들이 넷이나 되니
적적하지도 않고 좋구먼.
밥도 같이 먹고 이야기도 나누고.
나는 아들만 둘이어서 그런지

딸 있는 게 그렇게 부럽더라고.

며느리? 나한테도 이쁜 며느리가 둘이나 있었지.

있을 때 좀 더 잘해줄 걸, 후회막급이야.

딸 같은 며느리가 어디 있느냐고?

며느리는 며느리고 시어머니는 시어머니라고?

그려. 자네들은 펄쩍 뛰겠지.

그래도 난 요즘 가끔 생각이 나!

오늘따라 그 아이들이 참 많이 보고 싶네!

어디 갔느냐고?

아들 두 놈이 장가갔다가 홀딱 돌아왔지 뭐여!

요즘 말로 뭐시여, 긍게, 돌싱이제.

워메, 이놈들이 양반은 아닌가봐.

둘째 놈한테 전화가 왔네?

"응, 그려, 엄마다. 뭐라고? 됐어, 됐어. 뭐하러 오냐.

엄마 많이 좋아졌어. 괜찮아!

네 형은? 그려어?

어쩨 이기지도 못하는 술을 날마다……

속 아플 거야. 북엇국이라도 끓여줘.

아참, 그리고 저 세탁기에 빨래 오래 넣어두면 냄새 나니까.
그려, 그려! 엄마 걱정은 말어."

에이구, 워째 맨날 술이여. 언제 철드나 몰러.
응? 많이 속상하지 않냐구?
속상하긴 뭐, 내가 속상한들 지들 속만큼 하겠어?
내가 말이여, 속 썩이던 남편 진즉에 천국 가고
다 키운 줄 알았던 두 아들놈들은 차례차례 이혼해서
이 나이까지 사내놈들 밥 해먹이는 신세여.
내 나이가 낼모레면 6학년 5반인데 말여.

뭐 좀 신나는 음악이나 하나 들을까?
요즘 그 노래가 그렇게 유행이라며?
그것 좀 틀어봐.
그려, 그려, 그거. 딱 좋구먼!
애기 엄마들도 병원이라고 그렇게들 축 처져 있지 말고,
알겠지?
세상만사 다~ 내 맘대로 되는 게 없더라고.
인생이 다~ 그렇지. 뭐 별 거 있어?
세월이 가르쳐주더라고. 별 거 없다고……

고생 끝에 낙이 온다고?

저 혹시, 자네들은 아직 요실금은 안 왔지?
나야 뭐 종합병원이지 뭐. 하하하!
이번엔 뭐더라? 골반 장기 탈출증이라나 뭐라나.
시도 때도 없이 오줌은 마렵지, 밑은 빠질 것 같지…….
의사가 그러더라고. 케? 그거 있잖여, 케겔운동?
그거 열심히 하라고.
무거운 것도 들지 말라는데 그게 어디 내맘대로 되나?

말이 나왔으니 말인데, 자네들도 요실금 같은 거 오면
창피하게 생각 말고 냉큼 병원으로 달려가!
수술하면 금방 좋아지는데 괜한 고생하지 말구~

나이가 드니 온몸이 고장이 안 난 데가 없구먼.
그래도 옛날에는 곱고 이쁘다고 동네에 소문났었는데 말여.
아니, 뭘 그렇게들 놀라? 참말이여!
방앗간 집 옥자 하면 모르는 사람이 없었다니까!

결국 친구들 중에 시집도 제일 먼저 갔어.
그것도 부잣집 아들한테 시집갔다고 다들 부러워했어.
훤칠허니 얼굴도 잘생긴 신랑한테 시집간다고
친구들은 배가 아프다며 난리가 나고
나도 을매나 가슴이 두근거렸는지…….
손에 물 한 방울 안 묻히고 살 줄 알았어.
신랑이 첫날밤에 약속했거든.
난 그 말을 철석같이 믿었지 뭐여?
순진하기도 하지…….

근데 다~ 소용없었어.
시댁은 부잣집은커녕 막상 가보니 빈털터리였어.
시아버지가 도박으로 홀라당 날려먹었거든. 에휴……

그래서 신혼부터 참 힘들게 살았지.

햇볕도 안 드는 단칸방에서 여름엔 덥고 겨울엔 춥고
정말 고생고생하며 살았어.

그래도 그때는 참 행복했던 것 같아. 젊었으니까!
신랑도 열심히 일해서 부지런히 돈 벌어오고
아들 둘 낳으면서 그것들 키우는 재미에
고생인 줄도 몰랐어.
부부싸움을 해도 다음 날이면 풀어지고,
칼로 물 베기였지 뭐.

그때 내 눈에 우리 신랑은 텔레비전 나오는 탤런트보다도
휘~얼씬 멋져보였어.
콩깍지? 그려그려. 눈에 콩깍지가 아주 단단히 씌었지.
젊으니까, 돈이야 벌면 되는 거고
신랑은 열심히 바깥일 하고
나는 열심히 남편 뒷바라지하고 애들 키우다보면
우리도 언젠가는 남들만치
떵떵거리면서 살 거라는 꿈이 있었어.
비록 손에 물 한 방울 안 묻게 하겠다던 약속은 뻥이 되고
내 손은 로션 한 번 제대로 못 바르고

맨날 붓고 트고 갈라지고 했지만서도
그땐 희망이라는 게 있었어.

그래서 난 이렇게 생각했지.
아, 그래도 내가 남편 복 하나는 타고 났다.
잘생겼지, 성실하지, 한눈 안 팔지, 순하지……
이런 신랑을 어디 가서 만나겠느냐고.
젊어 고생은 사서도 한다지 않어?
그러니 지금 젊은 나이에 힘든 거는 아무것도 아니라고…….
그땐 정말 그렇게 생각혔어.
근데 말이여! 그게 꼭 그러지만도 않더라고.

고생 끝에 낙이 온다구?
낙은커녕 더 큰 고생이
오기도 하더라고…….

내 남편만은 아닐 줄 알았더니

그려, 나한테도 희망이란 게 있었어.
힘들어도 힘든 줄 모르던 젊음이 있었지.
아무리 고생을 해도 고생 같지 않았고
남편만 믿고 가자 했지.
그랬더니 정말로 살림이 조금씩 펴졌어.
드디어 지긋지긋하던 단칸방에서 벗어나고,
애들한테 방이 따로 생기고,
마침내 내 집 장만까지……
을매나 꿈같았는지 몰러!

이제 고생 끝 행복 시작이구나 했어.
두 애들도 다 키웠겠다,

이젠 나도 비싼 로션도 좀 발라보고
구멍 난 옷 말고 좋은 옷도 좀 사 입어보고
이제는 부부가 외식도 좀하고 놀러도 다니자 다짐했지.

잘난 남편 얼굴도 한창때 만큼은 아니지만
여전히 내 눈에는 참으로 잘나고 멋지더라고.
근데 내 눈에만 멋진 게 아니더라?
남자 얼굴값 한다고, 그 말이 내 남편 얘긴 줄은
꿈에도 생각 못 했지 뭐여.

힘들게 고생고생해서 살다가 먹고살만 해지니
남편이 춤바람이 난 거여!
세상에, 카바렌가 하는 데를 드나들더라고.

처자식밖에 모르던 그 순진하던 양반이……
내가 상상이나 할 수 있었겠어?
근데 남자도 변하기 시작하니까
무섭더라고!

걸핏하면 외박에, 술에, 안 입던 옷차림에,

게다가 언제부턴가 요상한 향수 냄새가 나는 거여.
믿는 도끼에 발등 찍힌다는 게 이런 거구나 싶었지.
세상 남자들 다 그래도 내 남편만은 아닐 줄 알았어.
지금도 가끔 후회가 돼.

그때 그냥 놔둘 걸 그랬나,
내버려두면 남편이 다시 돌아왔을까,
좀 기다릴 걸 그랬나……
그땐 뭐가 그리 조바심이 나던지 말이야!

다 내려놓고 허허실실

하루는 작심을 하고 남편 뒤를 밟았어.
그런데 딱 걸렸지 뭐야!
그 순간 아주 그냥 눈이 뒤집히더라고!
열불이 나고 눈에 뵈는 게 없어서
아주 년놈을 죽여버리려고 달려드는데
남편이 다짜고짜 내 머리채를 움켜잡고 끌고나가서는
길바닥에다가 패대기를 치는 거여!

이마에서 피가 철철 흘러내리는데도 하나도 안 아팠어.
그 힘든 시절 남편만 믿고 살아왔는데
한순간에 무너지는 꼴을 보니
가슴이 먹먹하고 눈앞이 캄캄혔어.

이 양반이 미쳐도 단단히 미쳤구나⋯⋯
이걸 어쩌나⋯⋯
이제 나는 어떻게 사나⋯⋯ 싶었어.
안 당해본 사람은 모를 겨⋯⋯
피눈물 나지.

근데 그날
남편은 정말 돌아오지 않았어.
그 양반인들 맘이 편했겠어?
술을 진탕 마시고 오다 교통사고로 죽은 거여.
그려. 그날 밤, 그 자리에서 즉사했다 하데.

이런 허무한 일이 어디 있어?
그깟 바람이 뭐라고!
그러려니 해줄걸.

에휴, 내가 어떻게 살아지겠어.
장례 치르고 돌아와서 빈집에서 며칠을 앓아누웠어.
광이 나도록 닦아대던 마룻바닥에 먼지가 쌓이고
집안 꼴은 엉망진창이 돼가는데도 한참을 그냥 내버려뒀어.

입맛도 없고, 일어나기도 싫고, 살맛도 안 나고…….
그러다 문득
그래, 나도 다 내려놓자……
옳고 그른 거,
깨끗하고 더러운 거,
그게 다 뭐라고!
다 그냥 싹 다 내려놓고 허허실실 살자!
그래! 그래 보자! 했지.

여전히 살아 있는 내 안의 소녀

내 얘기가 워뗘?
지금이야 이렇게
좋은 게 좋은 거라고
허허실실 웃으면서 노래나 부르고
속 편한 늙은이처럼 보이겄지.
근데 사람은 겉만 봐선 모르는 거여.

남편을 그리 허망하게 저 세상 보내고 나서
잘 사는 줄 알았던 아들놈들까지 이혼하더니
다시 마음잡고 살 생각은 통 안 하고
큰놈은 맨날 술만 처먹어서 늙은 어미 술국 끓이게 하지,
작은놈은 뭘 하고 다니는지 코빼기도 보기 힘들지.

요즘은 세상이 변해가지고, 응? 그 뭣이다냐,
이혼은 필수고 재혼은 선택 사항이라면서?
젊은 나이에 이혼한 건 흠도 아니라잖아.
이혼하고도 더 당당하게 잘 살아야 하는데
우리 애들은 그것마저도 못하고 사니
내 마음도 참 답답해!

그래도 어쩌겠어?
내가 지들 인생 대신 살아줄 수도 없고
나는 내 걱정이나 해야지, 안 그려?
그래서 자꾸만 내려놓자, 내려놓자 했던 겨.

친구 하나가 그러더구먼.
자식들 걱정은 이제 그만하고
우리 걱정이나 하자고.
그 친구가 나한테 묻더라고. 요즘 행복하냐고.
그리고 (새끼손가락을 들어올리며) 이건 있느냐고.
이게 뭐냐고? 요즘 말로 남친 말이여! 하하하!
망측하기도 하지! 다 늙어가지고 남친은 무슨 남친이여!
그랬더니 그 친구가 그러데?

뭐가 문제냐고! 우리도 아직 여자라고!

뭐라고? 이제라도 자상한 남자친구 하나 만들라고?

이 나이에 무슨… 그러면 다들 주책이라고 놀릴 거면서!

자네들 아직 젊다고 늙은이 놀리는 거?

뭐? 사랑에 나이가 뭐가 중요하느냐고?

아이고! 그런 소리하지 마. 몰라, 몰라! 깔깔깔!

지금 내 얼굴이 빨개지긴 뭐가 빨개졌다고 그려!

병실이 더워서 그려, 더워서!

그리고 옛날 첫사랑 생각도 나고……

그려. 나한테도 가슴 콩닥거리던 첫사랑이 있었지.

내 친구가 어제 그러데. 호식이 오빠 기억나느냐고.

호식이 오빠가 누구더라?

첨엔 가물가물하다가 생각이 갑자기 탁 나버렸지.

시집가기 전에 나 좋다고 겁나 쫓아다니던,

걸핏하면 골목길에서 편지 주고 달아나던

동네 오빠가 있었는디, 어찌나 수줍음이 많던지

내 눈도 잘 못 쳐다보고 얼굴이 빨개졌어.

그 오빠는 아마 상상도 못했을 거.

나도 자기한테 마음이 없지는 않았다는 걸.

그러다 고백 한 번 못 받아보고 나는 시집을 가버렸는디,

어제 그 친구가 그러는 거여.

얼마 전에 친구 아들 결혼식장에서 그 오빠를 만났는디

말도 못 허게 멋쟁이가 되어버렸다고.

근데 거두절미하고 내 안부부터 묻더라는 거여.

옥자는 잘 사냐, 연락하고 지내느냐면서…….

아니, 그냥, 그렇다는 거여.

이 나이에 이제 와서 뭘 어쩌겠어? 안 그려?

그런데 참 이상도 하지.

꼭 다시 열아홉 살이 된 것처럼

심장이 콩닥콩닥 뛰는 것이……

곱고 이뻤던 나는 다~ 죽고 없어진 줄 알았는디

아직도 내 맘속에

고운 처녀가 살아있었나 보네.

상처만은 주지 말자

온몸이 안 아픈 데가 없다 보니
걸핏하면 병원 신세를 지는구먼.
그래도 이 병원은 의사 선생님이
환자들을 편안하게 대해주니 얼마나 좋아.

자네들하고도 언니 동생 하면서 지내니
얼마나 맘이 따뜻하고 좋은지 몰러!
동생들 이런 사연, 저런 사연, 이야기도 듣고
서로들 처지가 다르다 보니까
남의 입장 이해 못 해서
아옹다옹 다투기도 하지만
세월 지나면 다~ 배워지는 게 있더라고.

인생이 다 그렇지. 말 안 해도 알아~

얼굴에 수심이 한가득이던 은영 동생!
남한테 싫은 소리 한 번 못하고 꾹꾹 참고만 살다가
험한 일, 마음 아픈 일 겪은 그 속이 어떻겠어.
그래도 인제는 자네 이름 석 자로 자유롭게 살아.

겉으론 성질 고약해도 속은 여린 수정, 아니, 크리스탈 동생!
난 첨부터 동생이 한없이 여린 사람이란 걸,
세상 누구보다도 사랑 많은 사람이란 걸 알고 있었어.
자넨 언제까지나 빤짝이는 사람일 거여.

도도하고 까칠하고 똑똑한 우리 도희 동생!
첨에 이 늙은 언니는 동생 말들이 좀 망측하기도 하고
젊어서 긍가, 세대 차인가 싶기도 혔어.
근데 자네야말로 가슴속에 뜨거움이 가득한 여자더라고.
그러니 앞으론 상처 안 받는 사랑, 하면서 살더라고!

시끄러운 늙은 언니들 때문에 귀찮았을, 막내 진아!
입원 첫날부터 마음 닫아걸고 뒤돌아 있는 우리 막내 보면서

에구, 저 아이는 어떤 생채기가 저리 많을꼬…… 싶었어.
그런데 말여, 아무리 아팠던 것도 결국 사람이 약이여.
사람헌테 받은 상처, 사람이 낫게 해줄 거여. 두고 봐~

여보게들, 한 사람 한 사람
안 소중한 사람이 어디 있어!
그러니
우리 너무 모질고 각박하게는 살지 말더라고!
남의 사정 이해도 해보고,
같이 아파도 하고
남한테나 나 자신한테나
피차 상처 내서 피투성이 만들지는 말자고.

나이? 그까짓 거 뭣이 중헌디!

병원 밥 먹기 참 지겨웠는데
어느덧 퇴원하는 날이구먼.
이렇게 하나둘씩 또 떠나네그려.

그동안
젊은 자네들이 참 부러웠어.
나도 옛날로 돌아가고 싶으냐고?
아이고, 그건 아니야! 천만에!
끔찍해. 다시 되돌아가라고 하면.
그 고생 다시 하라고 하면 못 하지! 절대로!

비록 얼굴은 쭈글쭈글해지고 몸은 여기저기 아프지만

그래도 이렇게 병원에 와서 이쁜 동생들 만나서
옛날 생각에 울기도 울었지만 웃기도 많이 웃었네.
그래서 나는 지금이 제일 좋구먼!
하긴, 내 나이가 어때서?
인생은 육십부터라던데,
이제부터 시작 아니겠어? 하하핫!

나라고 뭐, 처음부터 이렇게 마음 내려놓는 법을 알았겠어?
나도 다 세월한테 배운 거야.
그동안의 내 인생을 돌아보니까
그때는 '내가 왜 이런 시련을 겪어야 하나'
도무지 이해가 가지 않을 때가 많이 있었어.
내 삶이 온통 의문으로 가득 차 있는디
아무리 찾아도 해답이 안 보이는 거여!
그런데 세월이 흘러 이 나이가 되니까
비로소 답변에 해당하는 뭔가가 느껴지더라구!

내 생각에서 벗어나서
상대방의 처지가 되어보면
이해 못 할 게 하나~도 없지.

기도하는 입술보다
먼저 내밀어 잡아주는 손이 훨씬 아름답다고 했어.

내가 남편을 그렇게 떠나보낸 것처럼,
동생들도 다들 소중한 걸 잃고 상처가 많은 사람들일 겨.

그렇지만 세상이 늘 절망적이지만은 않은 이유는
이렇게 다른 이웃에게
위로받게 된다는 거여!
혼자 살아가느라 애쓰지 말고
어울려서 가자구, 우리!

사랑도 연습이 필요해

상대방을 아끼고 사랑하는 일,
그것이 저절로 된다고 생각한다면
그건 크나큰 착각.

사랑하는 법도
훈련해야 하고
노력해야 하고
연습해야 한다.

생각이 아니라 말로 표현해야 하고
말이 아니라 행동으로 보여줘야 한다.
말이 가슴에 닿아야
차가워진 심장을 뜨겁게 달굴 수 있고
말이 행동으로 보여야

그 모습을 보고
나와 상대방이 변할 수 있다.

마음이 말로 이어지고
말이 행동으로 이어져야 한다.
고집과 불평과 원망을 해결할 방법은
오직 그것밖에 없다.

나중에 행복해질 생각이라면 포기해

인생이 아름다워지는 건
나중이 아니다.

돈만 많이 벌면
애들만 다 키우고 나면
애들이 좋은 학교만 가고 나면
직장에서 승진만 하고 나면
내 집만 생기고 나면
비싼 자동차만 굴리면……
그런 다음에야 행복해지고 아름다워지는 게 아니다.

인생이란 엄청난 걸 이룬 다음에
완벽해지는 게 아니다.
지금 이 순간의 생각,

오늘 사람들에게 한 말과 행동과 표정,
서로 주고받은 대화,
실패하고 망했으나
이대로 주저앉지 않으려는 의지…….

그 모든 순간과 과정이
인생을 완벽하게 만들고
지금 여기에서 행복하게 만든다.
그냥 그 계단을 하나씩 밟아나아갈 뿐이다.

Part 3

욕망도 허락이 필요한가요?

- 도희의 이야기

욕망은 나이 들지 않는다

여보, 이제 당신은 그만 가봐.
혼자서 괜찮겠느냐고? 안 괜찮으면 어쩔 건데?
여긴 간병인이 필요 없는 곳이야!
간호사가 다 알아서 챙겨주니까 나는 신경 쓰지 말고
우리 딸 예지나 챙겨. 우리한텐 예지뿐이야. 당신도 알잖아.
종종 면회는 무슨! 됐다잖아.
당신은 하던 대로 집안 살림이나 잘해.
알았으니, 이제 그만 가라고 좀!

안녕들 하세요? 오늘부터 병실을 같이 쓰게 됐네요.
방금 나간 사람이 남편 맞느냐고요?
네, 맞아요.

남편한테 너무 매정한 거 아니냐고요?

그게 댁이랑 무슨 상관이죠?

남의 부부 일에 뭘 그리 관심을⋯⋯.

제 남편은 집에서 살림해요. 바깥일은 제가 하죠.

이제 남편이 살림 맡아서 해주는 게 익숙하고 편해져서

저는 다시는 집안 살림만 하는 건 못할 것 같아요. 불편해요.

이렇게 산 지 꽤 됐어요. 처음부턴 아니었지만⋯⋯.

남편이 살림을 한다고 얘길 하면

다들 깜짝 놀라며 어색해하죠.

지금 댁들 표정처럼요.

잠시만요, 전화 좀 받고요.

"으응! 먹었어⋯⋯. 자기는⋯?

저⋯ 나중에 전화할게⋯⋯. 응!"

아니, 어디 구경들 나셨어요?

안 듣는 척하면서 다 들은 거 저도 알아요.

네! 애인하고 통화한 거 맞고요,

바람피우고 있는 거 맞아요.

그게 어때서요?

댁들 남편은 안 그런 줄 알아요?

왜요? 남자는 되는데 여자는 안 된다는 거예요?

남편이 멀쩡히 있는데 누구 맘대로 바람을 피우느냐고요?

아니, 그럼 제 맘대로 피우지 누구 허락받고 피워야 하나요?

대체 무슨 말이 하고 싶은 거죠?

왜 남의 일에 다들 이러는지 어이가 없네요!

지금 당신들 표정, 전 아주 익숙해요.

비난하고 싶고 욕하고 싶겠죠.

하지만 난 내가 원하는 걸 하고 살아요.

사람마다 다 사정이 있는 거예요.

그러니 함부로 얘기하지 마세요.

사랑받고 싶은 것도 죄인가요?

나만 나쁜 년 같나요?

뻔뻔해 보여요?

하긴, 내가 어떻게 살아왔는지 당신들이 어떻게 알겠어요.

우리 부부도 처음부터 지금처럼 살았던 건 아니에요.

신혼 때부터 남편은 직장생활을 한 달을 못 버텼어요.

제가요, 별의별 짓 안 해준 게 없어요.

근데 직장? 들어만 가면 뭐해요.

적성에 안 맞다, 상사가 괴롭힌다, 자기가 있을 곳이 아니다,

별 핑계를 다 대면서 때려치우고 또 때려치우고…….

그러다 자기 사업 해보고 싶대서…….

투자? 대박 아이템?

휴, 말도 마세요. 사업은 아무나 하나요?

귀는 얇아서 남의 말에 속아 넘어가지, 사업 수완은 없지,

저도 죽어라 벌어서 뒷바라지하느라

뼈가 빠질 지경이었지만

남편은 손대는 사업마다 쪽박이었어요.

제가 고생해서 번 돈은

남편이 사고 친 빚 갚는 데 다 쓰이고…….

이제 겨우 숨 좀 쉬고 살게 되자

자긴 이제 집에서 살림하겠대요.

그러라고 했죠.

그게 우리 가족 모두를 위해서 최선이었어요.

그때부터 남편은 전업주부가 되었고 저는 직장생활을 했어요.

문제는 그때부터였어요.

허구한 날 집에만 있으니 자기도 답답했겠죠.

인터넷 쇼핑을 하고 게임을 하고

그러다 지치니까 느닷없이 나에게 집착을 하는 거예요.

시쳇말로 의처증이 생긴 거죠.

처음에는 제 핸드백과 휴대폰을 뒤져보더니
언제부턴가 하루가 멀다 하고 회사까지 찾아오더라고요.
하물며 함께 마트에 가서 장을 보면서도
내가 다른 남자에게 문자 보내는 게 아닌지 의심을 했어요.
증상이 심해지면서
회사 사무실까지 들어와 난동을 피웠어요.
결국 직장을 옮길 수 밖에 없었어요.
그런데 그게 끝이 아니었어요.

부부 상담도 받고 병원 치료를 받아봤지만
달라지는 건 없고 저는 매일 스트레스를 받았죠.
남자가 능력이 없어지면
사람마저 왜 그렇게 찌질해지는지…….
오만 정이 떨어졌어요.
그러던 와중에 우연히 대학 동창을 만났어요.
사실 그 친구는 그야말로 '남사친' 이었어요.
아시죠? '남자 사람 친구.'
그냥 친구 이상도 이하도 아니었다구요.

그런데 남편은 또 제 뒤를 캐기 시작했죠.

미칠 것 같았어요.

부부 관계는 이미 파탄이 날 대로 났지만

아이 때문에 이혼만은 할 수 없었어요.

'그래, 이럴 바에는 억울하지나 않게

바람이라도 확 펴버리자' 한 거죠.

네, 그래요. 홧김이었어요.

저도 숨 쉴 구멍이 필요했던 거예요.

남편이 알면 어쩌려고 그러느냐고요?

그래요. 나만 나쁜 년 같겠죠.

양심도 없는 천하에 못된 년이겠죠.

하지만 바람 그거, 당신들이 생각하는 것과 달라요.

마음먹는다고 해서 마음을 정리할 수 있는 것도 아니고

감기처럼 조심한다고 해서 안 오는 것도 아니에요.

저도 처음부터 바람을 피우겠다고 작정한 거 아니에요.

딸 예지 하나만 보며 꿋꿋이 버티며 살았어요.

하지만 저도 사람이고 여자예요.

사랑하는 거, 사랑받는 거……

제가 원한 건 딱 그것뿐이었어요.

가족이라는 이름의 죄인

그래요, 처음에는 사랑했죠.
제 남편과 저 말이에요.

결혼 전에 저는 미국에서 대학원까지 나왔어요.
그래요, 공부 잘하고 잘난 여자 맞아요.
어린 시절부터 힘들고 지칠 때마다
오로지 정신을 온전히 쏟을 탈출구가 필요했어요.
저한텐 그게 공부였어요.
끊임없이 무언가를 머릿속에 집어넣는 일.

그러다 보니 사람들은 제게 불편한 존재였어요.
다가가고 싶었지만 결코 쉽지 않았죠.

사람들도 저를 까칠하고 잘난 척하는 사람으로만 봤어요.
그런 저에게 처음 다가온 사람이 남편이었어요.
저와는 달리 편안하고 낙천적인 성격이 좋았죠.

근데 결혼 생활이 힘들었던 건
남편의 무능력 때문만은 아니었어요.
사실 시어머니 때문에 우울증 약까지 먹었어요!
정말 지긋지긋했어요. 하루하루 미쳐버릴 것 같았죠.

하나부터 열까지 다 잔소리⋯⋯
행주는 이렇게 삶아서 널어라,
반찬이 너무 짜다, 달다, 싱겁다,
보기 좋게 담아야지 너무 많이 담았다,
오목한 그릇에 담아라, 넓적한 그릇에 담아라,
남은 음식 버리지 마라, 죄 받는다⋯⋯.
이거 해라! 저거 해라!
이거 하지 마라! 저거 하지 마라!
휴⋯⋯. 말로 다 할 수 없는 잔소리! 잔소리!
지금도 그때 생각만 하면
온몸이 부르르 떨려요.

시어머니는 그냥 제가 맘에 안 들었던 거예요.
고아나 다름없는 아이라 안 된다,
여자가 너무 잘났다,
공부를 너무 많이 해서 남편 기를 죽인다,
인물이 너무 반반하다, 두고 봐라, 얼굴값 할 거다,
혼수가 형편없다, 부족하다, 기타 등등등…….

그럴 때 남편이라는 작자는 아무 역할도 안 했어요.
'어머니 말씀이 틀린 게 아니지 않으냐' 면서
오히려 저를 타박했죠.
자기 엄마 뒤에 숨어서 은근히 저를 비난했어요.

이런 게 결혼이라는 건가?
도대체 왜 이리 복잡한 거야!
가족이라는 이름 때문에 이렇게 힘들어야 되냐구!
누군가의 며느리라는 이유로, 아내라는 이유로,
왜 하나부터 열까지
잘못하고 모자란 사람이 되어야 하죠?
도대체 왜? 왜요!

마음의 문을 닫은 건
누구도 아닌 나 자신

누구나 결점도 있고 결핍도 있어.
아무리 잘나보이는 사람도
아무리 완벽해보이는 사람도
알고 보면 빈틈이 있고
모자란 점이 있고
부족한 부분이 있어.

그리고 이 세상에는
좋은 사람도 많지만
나쁜 사람도 많아.
악한 사람도 많지만
또 선한 사람도 많아.
그게 평균이고 정상이야.

그러니까 쓸데없이 박탈감을 느끼거나
나만 인생 망했다고 우울해질 필요 없어.

내 인생만 안 풀린다고,
내 팔자만 사납다고,
나만 고생이라고……
이렇게 원망하고 마음의 문을 닫고
세상과 담을 쌓고
세상 모든 것에 화를 내봤자
인생의 문은 열리지 않아.

그 문을 여는 건 바로 나 자신.
담을 부수는 것도 결국 나 자신.

당신도 여자입니다

그래서 어떻게 됐느냐구요?
더는 참고 살 수가 없었어요.
이러다간 숨 막혀 죽을 것 같았어요.
정신과 약도 소용없었죠.
약을 먹는다고 상황이 달라지진 않았으니까.

저는 어머님과 담판을 지었어요!
더 이상 "네, 네" 하며 살지 않겠다고 선언했죠.
참는다고 나아지는 건 없으니까요.
첨엔 당연히 난리가 났죠.
감히 시어머니를 가르치려 든다,
부모한테 배운 게 없어 그런다,

역시 공부만 많이 한 여자는 소용이 없다,
아들이 인사시킨 첫날부터 맘에 안 들었다…….

그런데 신기한 것은 점점 잔소리가 줄어드는 거예요.
저도 그럴 때마다 선물도 사드리고 밥도 사드리고 했어요.
그러다 작전을 또 바꿨죠!
이번에는 노인들 많이 가는 문화센터에 보내드렸어요.
취미활동 강습도 등록시켜 드리고,
산악회도 가입시켜 드리고,
각종 동호회도 알려드렸죠.

며느리한테서 관심을 돌리게 해드린 거예요.
온종일 집에서 며느리 잘못한 것만 찾아내는 생활 말고,
밖에서 또래도 만나고 스트레스도 푸시라고요.
당신 삶을 사시라고요.
저를 위해서,
그리고 어머님 자신을 위해서.

그러다 무슨 일이 일어났는지 아세요?
동호회에서 남자친구를 만나신 거예요!

그때부터 어머님은 제가 반찬을 오목한 그릇에 담든
넓적한 그릇에 담든, 신경을 안 쓰셨어요.
며느리한테 잔소리 퍼붓는다고 해서
당신의 하루가 행복해지는 건
않는다는 걸 깨달으셨어요.
그리고 전과는 다른 사람이 되셨죠.
건강이 좋아지고 표정이 밝아지고
눈에 생기가 돌았어요.
오래 전에 시아버님 돌아가신 뒤 처음으로,
어머님은 여자가 되고 있었어요.

인생의 봄날은 바로 오늘

짐작하신 대로…….

그래요, 맞아요.

제가 만나는 그 사람, 유부남이에요.

너무 뻔한 불륜이라고요?

쉽게 막 좋아하면 안 된다고요?

어차피 곧 마음이 식고 냉정하게 뒤돌아설 거라고요?

사랑이라는 감정은 한 순간의 착각일 뿐이고,

둘 다 피차 편하니까,

공들이지 않아도 되고, 잃을 것도 없고,

편하게 만나다가 적당히 정리하기도 좋으니까

유부남, 유부녀니까 이기적으로 구는 거라고요?

대체 무슨 말이죠? 전 이해가 안 돼요.

어떻게 생각들 하시든 전 상관없어요.

비난해도 좋고 흉봐도 좋아요.

그래도 그 친구는 저를 사랑했어요.

저도 그 친구를 사랑했고요.

저는 그렇게 믿어요.

그리고 그것으로 충분해요.

저한테 돌을 던지고 싶으면 던져보세요.

저는 후회하지 않아요.

전 이렇게 생각해요.

여잔 하염없이 사랑을 꿈꿔야 한다고.

나이가 들었다고 해서,

결혼을 했다고 해서,

며느리가 되고 엄마가 됐다고 해서,

흰머리가 생기고 뱃살이 늘어졌다 해서,

사랑을 꿈꿀 마음까지

사라지는 건 아니에요.

사람은 사랑을 해야 건강하게 오래 살아요.

물론 일정하게 섹스도 해주면 더 좋고요.

민망한가요? 망측하다고요?

그런 고리타분한 생각을 하니 안 되는 거예요.

그런 생각에 갇히니 행복을 포기하는 거라고요.

그게 뭐가 부끄러워요?

여기 계신 당신들은 여자가 아닌가요?

인간이 아닌가요?

적당한 배설은 남자나 여자나 필요해요.

그러니 좀 당당하면 좋겠어요.

상대가 누구든 죽을 때까지 섹스는 멈추면 안 돼요.

사람은 사랑을 하고 살아야 해요.

쫓기면서 인생을 심각하게 사는 거나

마음 편히 여유롭게 사는 거나

별 차이가 없는 것 같아요.

우린 언젠가는 다 죽게 될 거예요.

그래서 과거를 후회하거나,

죄의식 때문에 감옥에 갇힌 양 사는 건

그리 큰 의미가 있는 건 같지 않아요.

이제 겨우 6학년 5반인 옥자 언니,
평생 꾹꾹 참고만 살아온 은영 언니,
말만 거칠지 속마음은 안 그런 수정 씨,
마음의 문을 꽉 닫아 건 진아 씨,

우리 모두 다르지 않아요.
결국 오늘 하루가 가장 중요한 거 아닌가요?
오늘은 우리들 여자 인생에서
가장 젊고 예쁜 날이라고요!

불행에는 점수를 매길 수 없다

아줌마들 수다를 듣다보면,
아저씨들 하소연을 듣다보면
'누가 누가 더 불행한가'
불행 대회를 하는 것 같다.

'나만큼 힘든 사람은 없을 거야'
'당신의 고생은 나에 비하면 아무 것도 아니야'
함부로 잣대를 들이댄다.

때로는 섣불리 위로를 하려 든다.
'이 세상에 당신보다 힘든 사람 많아'
'너는 그만하면 복 받았네'
'뭘 그런 걸 가지고 우는 소릴 해?'
'나 때는 훨씬 더 힘들게 살았어'

사람의 슬픔과 고통은
자기 기준에서 나온다.
아무도 남의 고생과 불행을
함부로 비교하고 평가할 수는 없다.
나이가 많다고, 나이가 어리다고,
누가 누구를 점수 매기려 하는 걸까?
불행마저 비교하고 서열을 매기려 하는 걸까?

그저 한마디면 된다.
'힘들었겠네.'
진심 담은 공감의 한마디.
딱 거기까지.
거기서 멈춰라.

Part 4

크리스털만큼 반짝이지 못해도

- 수정의 이야기

내 이름은 내가 선택해

간호사 언니, 나 며칠 후면 퇴원할 건데
자꾸 이 병실 저 병실 옮기게 하는 건
대체 무슨 시추에이션이야?
뭐? 다른 환자들이 나를 불편해한다고?
아~ 씨~ 그 인간이네.
그 재수 없는 여편네!
아니, 밤마다 너무 시끄럽게 코를 골기에 한마디 했더니,
뭐라고? 오히려 내가 불편하다고?
이거 정말 또라이 아냐? 적반하장도 유분수지…….
승질 죽이고 살려니까 정말 미치겠네.

어이구! 이거 초면에 실례가 많았네요.

제가 입이 좀 거칠죠?

당분간 같은 병실에서 지내게 됐는데 잘 부탁드립니다.

그래도 이 병실 분들은 인상 좋으시네.

아니, 근데 내 옆 침대 이 아가씨는

사람이 새로 들어왔는데 본 척도 안하네?

어이! 나 안 보여요?

뭐라구? 정신병자 아니냐구?

이게 보자보자 하니까

버르장머리가 하늘을 찔러대네!

언니들, 지금 애 말하는 거 들으셨죠?

야, 다수결의 원칙 알지, 너?

쪽수로 따지면 누가 이기겠어?

주둥이는 살아 있는 거 보니 너 나이롱 환자구나? 맞지?

나이도 한참 어려 보이는데 초면에 싸가지가 아주……

아 쉬, 착한 내가 그냥 참자. 어린 년이랑 말씨름을 해봐야…….

그건 그렇고 나는 크리스탈 정이라고 해요.

네네, 반가워요.

원래 이름은 수정인데 예전에 버렸죠.

이름을 어찌 버리느냐구요?
버리고 싶어서 버렸겠어요?
누구 엄마로 살고
누구의 마누라로 살고……
그래서 그냥 만들었어요.
내가 원하는 나만의 이름을!
어때요? 멋지죠?

그래도 이것도 인연 아니우?
군대에만 동기가 있는 게 아니에요.
우린 병실 동기잖아요?
병실 동기로 재미나게 지내봐요, 까짓 거.

세상 빡빡하게 살지 맙시다.
살면 얼마나 산다고…….
안 그래도 복잡한 세상,
뭘 그리 따져가며 살아요!

상처받은 사람의 눈빛

옥자 언니!

언니는 어쩜 그리 곱게 나이 드셨어요?

뭐라구요?

낼 모레 6학년 5반?

어머머, 설마요!

저는 제 또래인 줄…!

정말이에요. 제가 원래 입은 거칠어도 거짓말은 잘 못해요.

게다가 와우! 이 깻잎 장아찌, 내가 정말 좋아하는 건데!

진짜 맛있다! 언니가 직접 싸온 거예요?

어쩜 이렇게 음식 솜씨도 좋고 인심도 좋아요?

기운 없는 은영 씨,

쌀쌀맞은 도희 씨,

이리 와서 같이 먹어요.
그러지 말고 우리 앞으로
다 같이 모여서 밥 먹어요.

그나저나 오진아? 쟤는 왜 밥도 안 먹고 신경질만 낸대요?
원래부터 저렇게 싸가지가 없었나?
당분간 같이 지낼 텐데 밥도 같이 먹고
얘기도 하면 좋잖아…….
뭐? 아줌마 신경 끄라고? 개또라이? 재수 없다고?
야! 너 자꾸 반말 쌍말하는데,
나 네 엄마뻘이야. 말조심해!
첫날부터 참아줬는데 이게 보자보자 하니까……
너 내가 만만하냐? 졸로 보여?
사람이 말을 하는데……
야, 야!

보셨죠? 어른이 얘기하는데 완전 무시하고 나가버리네!
내 참! 어이가 없어서…….
언제 터질지 모르는 시한폭탄이 따로 없네요.
냅두라고요?

저렇게 싸가지 없이 구는데 어떻게 내버려둬요.
저 꼴을 보고 어떻게 가만히 있냐구요, 글쎄!
내가 폭탄제거반인데! 언제 저걸 확 터트려봐야겠네.
두고 봐요. 걸리기만 해봐!

어라? 근데 이거 쟤 휴대폰 아니에요?
나갈 거면 휴대폰이라도 들고 나가든지!
아까부터 자꾸 시끄럽게 울리는데 끌 수도 없고,
제가 좀 받아봐야겠어요.
여보세요? 오진아 핸드폰입니……
네? 뭐라구요? 집주인?

어디가 아파서 입원했는지는 모르겠지만
쟤는 몸이 문제가 아닌 것 같네요.

이제야 좀 알 것 같아요. 그 눈빛……
그 눈빛은……
여기, 마음이 문제라고요, 쟤는.

가슴에도 묻을 수 없는 존재

아이고! 다들 얘기들을 들어보니
남편 복도 많으신 분들이셔!
팔자 좋은 소리들 하시네요.
나는 이날 평생 남편이 벌어다주는 돈은커녕
내가 벌어다 바치며 살았네요!

누구처럼 연애? 남자?
먹고살기도 힘든데 그런 것도 다 사치였죠.
그리고 이제는 보시다시피 찾아오는 사람도 없어요.
남편이고, 자식이고…….

그래요, 저는 오래전에 이혼했어요.

재혼? 그런 거 할 여유도 없었어요.
딸이 하나 있었는데, 이혼하면서 헤어졌죠.
나하고 함께 살고 싶다고 울며불며 매달리는데
그런 아이를 모질게 떼어내고 나왔어요.

너무 자신이 없었어요.
혼자 살아가야 하는데 능력도 없고……
도저히 데리고 와서 살 형편이 안 됐어요.
그래도 애를 위해서는, 차라리 제 아빠랑 사는 게
쥐뿔도 없는 엄마랑 사는 것보다는 나을 것 같았어요.
그래서 어쩔 수 없이 떼어놓고 왔는데…….

사는 게 사는 게 아니었죠.
잊어보려고 매일 밤마다 술을 마셨죠.
술을 마셔도 아이 얼굴이 떠올라서 미칠 것만 같았어요.
그때마다 너무 후회가 됐어요.
힘들어도 데리고 올 걸 그랬나……
아니야, 이 꼴로 어떻게 애를 키워……
제 아빠랑 사는 게 나아…….

그래도 어떻게든 데려 오고 싶었어요.

조금만 기다리라고,

엄마가 돈 벌어서 데리러 가겠다고,

이 악물고 닥치는 대로 돈을 벌었어요.

악착같이 벌어서 집도 장만하고

드디어 내 이름으로 된 미용실도 개업했죠.

미용사도 여럿 거느리고 가게도 커졌어요.

전 이제 당당하게 딸을 데리고 오려 했어요.

그런데……

그땐 이미 딸이 이 세상을 떠나고 없었어요.

교통사고였대요…….

그 후 미용실은 입소문이 나서 점점 잘됐어요.

그렇게 벌고 싶던 돈도 원 없이 벌게 됐죠.

하지만 제 자신이 너무

초라하고 보잘 것 없었어요.

딸을 데려오려고 다 참고 살았는데

그 많은 돈이 다 무슨 소용이겠어요?

사실 딸을 놔두고 올 때도
죽을 만큼 힘들었던 건 아니었어요.
나 편하자고 두고 왔던 거죠.
애를 '위한다는' 명목으로……
아무리 힘들어도 데리고 왔어야 했는데…….
살아 있다면 딱 저 싸가지, 진아 또래였을 거예요.

사는 게 너무 암담했어요.
술을 안 마시면 괴롭고, 마시면 더 괴롭고…….
그래서 차라리 빨리 데려가 달라고 기도했어요.
내 삶은 이제 멈춰버린 줄 알았죠.

콤플렉스는 누구나 있다

사람은 누구나 감추고 싶은
자기만의 약점이 있다.
그 약점을 어떻게 써먹느냐에 따라
찌질한 단점이 될 수도 있고
단단한 장점으로 만들 수도 있다.

문제는 그 약점을 감추려고 안간힘을 쓰거나
들키지 않으려고 상대방을 공격한다는 것이다.

하지만 자신의 약점을 인정하고
'약점이 있어도 괜찮아' 라고 자신에게 말을 해준다면,
그리고 사람들에게 솔직하게 드러내고 이해를 구한다면
그 약점은 그 사람의 매력이 되고
실수에 대해서도 용서를 구할 수 있게 된다.

마음을 닫으면 볼 수 없는 것들

정말 더 이상은 못 봐주겠네!
이 버르장머리 없는 년아!
아무리 네 맘에 안 들어도 그렇지,
왕언니가, 아니지, 제일 연세 많은 어르신이
손녀 같은 애 밥 굶을까봐 걱정돼서
빵이라도 챙겨주시는데 그걸 집어던져?

입에는 걸레를 물었니?
내뱉는 말마다 욕이고 불평이야!
은영 언니가 안 했으면 내가 너 때려주려 했어!
버르장머리 없는 그 주둥이를 후려패주려 했다고!
이게 어디서 자다가 봉창을 두들기고 지랄이야!

너 우리가 우습냐? 위아래도 없고 부모도 없어?
아, 정말 대책이 없다, 너!
나한테 왜 이러니? 늙은 언니들한테 왜 그래?
우리가 너한테 뭘 그렇게 잘못했다고 이 쌩난리야?
배고프면 밥을 먹고 아프면 약을 먹어!

왜 주위 사람들한테 이유 없이
짜증을 내고 그래?
그러면 네 마음이 편하니?
신경질 내고 화풀이하면
네 속에 있는 화가 풀릴 것 같아?
마음 딱 닫아걸면
네가 원하는 대로 살 것 같니?

내가 너만 한 딸이 있었어.
보고 싶어도 이젠 볼 수 없는 아이…….
나는 조만간 이 세상을 떠날 테니
죽을 사람 소원 들어주는 셈 치고 네 얘길 해봐!
속에 있는 걸 다 털어봐보라고.
구질구질한 얘기 왜 듣고 싶으냐고?

그냥! 이유 없어! 그냥이야! 어차피 난 곧 죽을 거니까!
너도 죽고 싶어 자살했는데 살아나서 여기 온 거잖아!

뭘 그렇게 놀란 눈으로 쳐다봐?
너 집주인이 그러더라?
사람이 죽어나가는 방에 누가 들어오겠냐며!
밀린 방세 안 받을 테니 짐 싸서 나가라고.
그래, 네 말마따나 인간들이 원래 비열하고 치사해.

내가 네 핸드폰을 그때 왜 받았는지는 모르지만······
나도 너처럼 그런 경험이 있어!
나도 너처럼 세상 모두에 화가 나고 살기가 싫었어.

그래도 사람들이 다 같은 건 아니야! 다르다고!
이 병실 언니들, 다 너한테 관심이 가고 걱정이 됐던 거야.
값싼 동정? 세상에 그런 게 어디 있니?
그조차도 관심인거야!
근데 너는 마음을 딱 닫고 그러면······

아아···! 배가 너무 아파···! 나 좀 어떻게 해줘······

터널 속 한 줄기 빛

괜찮아요! 저 이제 다 나았어요.
하룻밤 기절한 것 가지고 무슨…….
제가 가끔 그렇게 정신줄을 놔요.
쇼크가 오는 건데…….
세상 떠나기 전 예행연습 하나봐요. 하하하!

다들 고마워요, 걱정해줘서…….
이런 말하기 뭐 쑥스럽지만
제가 살아오면서 가장 가슴에 맺힌 게
'내가 당장 죽어 자빠져도
아무도 나를 거들떠보는 사람이 없겠구나' 했는데
이렇게 내 걱정 해주는 분들이 계시니…….

제가 퇴원하거든 진짜로 거하게 한턱 쏠게요.

그 아이, 진아도 많이 놀랐죠?

참 신기해요. 쇼크가 와서 비몽사몽

정신이 오락가락하는데

이상하게 저 아이 목소리가 들리는 거야.

처음에는 '아줌마, 아줌마' 뭐 그런 소리가 들렸는데

나중에는 누군가 '엄마, 엄마' 하는 소리도 들리고…….

그 소리에 정신줄을 간신히 붙잡았지 뭐예요!

저는 그 아이가 처음부터 마음에 들었어요.

그거 있잖아요!

어두컴컴한 터널 안에서

불빛 하나가 보이고

그 빛 따라 쭉 걸어나오면

새 삶을 살 수 있을 것 같은 희망!

까칠해서 더 짠하고

싸가지 없어서 얄미운데

더 안아주고 싶은사람.

싸가지 없는 건 내가 어떻게 못하지만
그 아이, 그냥 제가 품어보고 싶어요.

일부러 거칠게 다가갔던 건
혹시 제 마음 안 받아줄까봐
그래서 제가 또 상처받을까봐
두려워서 그랬어요.

인연이라는 선물

아유, 얘는 언니라는 말 놔두고 꼭 아줌마래.
너 그렇게 까칠하게 굴어도 이제 안 속아.
내 걱정하느라 잠도 못 잤다는 얘기 다 들었거든.

네 병원비? 응, 내가 낸 거 맞아.
그런 어이없는 얼굴로 따져도 소용없어. 내 맘이니까.
아 진짜! 됐다니까!
정 부담되면 퇴원하고 우리 미용실 와서 청소나 좀 도와줘.
지난번에 머리채 잡고 싸워보니 힘이 천하장사던데!

끝까지 잘난 척이라고?
어쩜 너는 딱 나 같으냐?

말하는 싸가지며, 그래도 한 개도 밉지 않은 거며…….

진아야, 이거 진지하게 하는 말이야.
너 갈 데 없으면 내가 데려갈게!
나 이래봬도 부자야!
세상 아등바등 살 필요 없어!
언제 죽을지 모르는데 뭘 그리 욕심내며 살아?
안 그래?

사실 처음 널 본 순간……
왠지 그냥 내 딸 같은 생각이 들더라.
안 그러려고 해도
나도 모르게 자꾸만 그런 생각이 들어.
아냐, 넌 그냥 내 딸이야!

난 내 과거에 더 이상 그리운 게 없어.
지우고 싶어, 싹 다!
앞날에 대해서도
더 이상 살고 싶은 맘이 없었어.
근데 너를 보면서 말이야,

봄날에 돋아나는 새순 알지?
푸르고 싱싱하고……
너를 보면서
더 살고 싶어졌어.
나 욕심쟁인가봐!

그동안 나는 아무도 믿지 못해서
마음의 문을 꼭꼭 걸어 잠그고 감옥에 갇혀 살았어.
몸에 난 상처가 아무는 데 시간이 필요하듯
삶에도 적당한 시간이 필요한 때가 있나봐!

그리고 이 말은 꼭 해주고 싶었어.
너희 엄마도 너희 아버지도 너한테 미안해할 거야.
내가 내 딸한테 평생 미안해했듯이…….
정말이야.
세상 어느 부모도 자식을 버리고 싶어하진 않아!

이 병실 사람들을 만나면서,
그리고 까칠한 너를 만나면서,
서로 기대고 산다는 게 이런 거구나,

처음 느껴.
이것이 바로 인연이구나!
어느 날은 흐리고
어느 날은 맑게 갤 텐데
나도 그것을 느끼며
함께 하고 싶어졌어.
해주고 싶은 게 너무나도 많아.
내게 시간이 허락하는 날까지
함께 버텨보자.

상대방이 나를 위해 바뀌어야 한다고?

남편에게서, 아내에게서,
자식에게서, 부모에게서,
친척에게서, 친구에게서,
이 모든 상대방에게서 보이는 것들이 있다.

꼴도 보기 싫은 모습,
미운 모습,
고쳤으면 좋겠다 싶은 모습,
도저히 이해가 안 되는 모습,
내 감정을 건드리는 모습,
분노를 폭발하게 하는 모습……

'너는 그게 문제야.'
'당신은 그걸 고쳐야 해.'

'도대체 왜 그래?'
'내가 그거 하지 말라고 했지!'
'왜 그렇게 내 말을 안 들어?'

사람들은 상대방이 고쳐야만
내가 행복해질 수 있다고 생각한다.
하지만 그건 나의 고집일지도 모른다.
불통과 갈등의 씨앗은 어쩌면
상대방이 아닌 나에게 있다.

나와 다른 모습, 내가 이해할 수 없는 모습마저
있는 그대로 봐줄 수 있는
마음의 그릇을 만들어야 한다.

Part 5

터널 끝의 빛

- 진아의 이야기

대화가 아니라 잔소리?

아~ 시끄러워!
수다 소리에 음악 소리에 참견에……
정말 돌겠네!
여기가 자기네들 안방인 줄 알아?
여긴 여럿이 쓰는 병실이라고!

당신들만 있는 거 아니잖아!
가만히 있는 사람 왜 자꾸 건드려요!
저기요, 수다 떠는 소리가
음악 소리보다 더 크게 들려요!
도대체 잠을 잘 수가 없다구요!
밥도 내가 먹기 싫어 안 먹겠다는데,

왜 참견이에요?

환자면 환자답게 얌전히 침대에 처자빠져 계세요.

아 놔! 제대로 미친 사람들만 죄다 모아놨어, 아주!

말을 말자, 말을 말아! 상또라이, 개또라이들……

그리고 내가 왜 아줌마들 대화에 껴야 되는데요?

나한테 도움되는 얘기? 웃기시네!

저기요, 그런 걸 왜 들어야 해요?

저와는 아무 상관없는 얘기들, 솔직히 지겨워요.

꼰대 아줌마들과 대화?

무슨 말이 통해야 대화를 하죠.

무조건 '들어라, 들어라' 하면서

자기보다 어리다고 내 말은 다 자르고

늘 가르치려 들고……

내 말이 틀려요?

어른들 상대해봤자 배울 게 없어요.

서로 잘났다고 쌈질이나 하는데

대체 뭘 배우라는 거죠?

내 생각을 말해야 남도 나를 이해한다고요?
웃기지 마요. 내가 왜 그래야 해요?
남이 나를 이해하든 말든 아무 상관 없다구요!

사랑? 배려?
그런 건 눈곱만큼도 없죠.
그런 말로 늘 상처만 입히면서······.
당신들은 대화를 하고 싶은 게 아니라
<u>잔소리를 하고 싶은 거겠죠.</u>
말 안 들으면 막말하고 싶은 거겠죠.
<u>그래서 어른들하고는 대화가 불가능해요.</u>

사랑과 미움은 동전의 양면

사랑만 했으면 좋겠다.
그보다 더 아름다운 게 있을까.
연인이, 가족이, 이웃이,
남편과 아내가,
부모와 자식이,
시부모와 며느리가,
장인 장모와 사위가,
서로 듣기 좋은 소리만 하고
서로 상처 주지 않는다면
이 세상은 너무 살기 좋을 것 같지.

하지만 사랑과 미움은 결국
동전의 양면처럼 함께 가는 것.
그리고 그것을 나누는 건

다른 누구도 아닌 나 자신.

사랑하니 미움도 생기고
미움 속엔 사랑이 있다.
그렇기에 사랑은 저절로 되는 게 아니라
노력이 필요한 것.

서로 배려하고 상대방 입장에서 생각 한다면
미움과 사랑은 다른 것이 아니다.

정신병 아닌 사람도 있어요?

자기들끼리 떠들고 밥 처먹고 음악 듣고!
환자들이 병실에서 바람피우는 이야기나 하고,
무슨 이딴 병원이 다 있어!
그게 정상이야?
아줌마들 제정신이냐고!
당신들 눈에 나는 안 보이지?
난 조용히 혼자 있고 싶어!
아줌마들 얘기 궁금하지도 않고 듣고 싶지도 않다구!

특히 이름도 웃긴 아줌마! 뭐? 크리스탈?
웃기고 있네, 진짜.
요즘 젊은 애들이 싸가지가 없다고요?

딱 보니 아줌마도 만만치 않아요.
은근 또라이 기질이 개넘쳐요.

유식한 척하면서 가르치려 드는 도희 아줌마!
나한테 방금 정신과 치료가 필요하다고 했어요?
히스테릭하고 신경질적이고 이기적이고 괴팍하다고?
그러는 당신은 나를 얼마나 안다고 지껄여?
정신과? 여기 제정신 가진 사람 있어?
한 명이라도 있냐고!
내가 보기엔 당신들
다 정신병 환자야!

은영 아줌마, 밤마다 소리 지르면서 깨는 바람에
나까지 깬다고요!
낮에는 아줌마들 수다에 시끄럽지,
밤에는 잠꼬대와 비명에 시끄럽지,
내가 여기 와서 얼마나 스트레스 받는 줄 알아요?
정말로 정신병 생길 지경이라고!
그리고 옥자 할머니!
내가 밥을 먹든 굶든

할머니가 무슨 상관인데요?

내가 불쌍해보여요?

빵이라도 먹으라고?

아, 씨……

당신들이 입만 다물었으면 나도 가만히 있었을 거야.

내가 지금 이걸 왜 받아먹어야 하는데요?

내가 개돼지야, 거지야?

아얏!

허…… 은영 아줌마, 지금 날 친 거예요?

빵 따위 먹기 싫어서 던졌는데 그게 뭐 어때서?

아줌마가 뭔데 날 쳐?

우리 엄마도 아니면서……

내가 버릇없다고?

그러는 당신들은 나 무시 안했어?

그놈의 나이 타령,

그놈의 '딸 같아서' 타령,

정말 지긋지긋하다구요!

결국 혼자 남겨둘 거면서

마음 열고 대화를 하라고?
대화 같은 소리 하네.
내 이야기를 들어주신다?
웃기지 말라 그래!
들어주는 척하면서 동정할 거잖아요.
어쭙잖은 값싼 동정 따위 필요 없어!

이젠 누구의 말도 듣기 싫어.
들으면 뭐가 해결돼?
얘기하면 뭐가 달라져?
결국은 다 내 몫이야.
사는 것도 죽는 것도 다 나 혼자라고.

아빠한테 버림받고 이혼한 엄마와
다섯 살 때부터 단둘이서 살았어.
곰팡이 냄새 가득한 지하 단칸방에서.
너무 부끄러웠어!
아무리 어려도 부끄러운 건 알거든.

그래서 친구도 없었어, 난!
어쩌다 유일한 단짝이 생겼는데
어느 날부터 그 친구가 이유 없이 나를 멀리했어.
우리 엄마가 술집에 나가는 걸 알고
걔네 엄마가 나랑 만나지 말라고 했대.
무슨 드라마에 나오는 막장 스토리 같지?
참나! 나한테는 그게 현실이었어.

지긋지긋한 세상, 내가 먼저 버리고 싶었어.
그러려고 한강 다리 위로 올라갔어.
그런데…… 다리 위에서 '하나 둘 셋'을 수없이 외쳤지만
차마 뛰어내리지 못했어.
내가 뛰어내리려고 할 때 나를 붙잡았던 게 뭔 줄 알아?
'내가 죽으면 우리 엄만 무슨 힘으로 살까……'

걱정! 나를 평생 놔주지 않는 그 빌어먹을 걱정이었어!
엄마는 나를⋯⋯
나는 엄마를⋯⋯
서로 걱정하는 사이였어!
그래서 그날 다시 집으로 돌아와서
술 취한 엄마를 안고 말없이 울었어.

그런데 엄마가 자꾸 우는 거야.
'불쌍한 내 새끼, 불쌍한 내 새끼' 하면서⋯⋯
그날 밤 내가 잠든 사이
엄마는 자살을 했어.
엄마는 나보다 훨씬 더 많이 힘들었던 거야.
그렇게 난 세상에 버려졌어.

오지랖 넓은 크리스탈 아줌마,
뭐라고 말 좀 해보시지?
그러니까 왜 그러냐고.
왜 다들 나를 떠날 거면서
내가 뭘 그리 잘못했다고,
왜 버리고 가냐고!

내가 그 맘 안 받는다고 했잖아, 아줌마.
텅 빈 단칸방에 혼자 들어와
텔레비전 볼륨을 크게 틀어놓아야
내가 살아 있구나, 겨우 알게 되는 그 적막함!
그 지독한 외로움 알아요?

아줌마가 그랬죠.
아줌마한텐 시간이 얼마 안 남았다고.
갈 거면서, 어차피 또 떠날 거면서
왜 잘해준 건데?
왜 다들 떠나는 거야, 시팔!
나 아줌마 싫다 했잖아!
이게 뭐야?
또 자기 멋대로 떠날 거잖아.

어…?! 아줌마, 왜 그래?
아줌마! 정신 차려요! 뭐야…… 아, 시팔,
아줌마! 아줌마! 눈 좀 떠봐!
저기 누구 없어요?
사람이 쓰러졌어요!

아…… 죽지 마! 죽지 마!

나 할 얘기 아직 많아!

엄마…… 엄마!

진짜 대화는 눈을 보면서

소통이 사라진 시대.
아무리 같이 모이고
아무리 밥을 같이 먹어도
각자 자기 휴대폰만 들여다보니
대화는 사라지고 침묵만 흐른다.

심지어 같은 밥상에서
같이 밥 먹으면서도
눈을 보고 얘기하는 게 아니라
서로 카톡으로 얘기하는
요상한 요즘 사람들.

정작 말을 할 때는
생각나는 대로 지껄이고

무조건 나만 옳고
상대방이 하는 말은
듣기 싫은 잔소리에 불과한 세상.
핸드폰 화면으로는 24시간 소통하는데
진짜 소통은 하고 있을까.

핸드폰에서 눈을 떼고
고개를 들어
상대방의 눈을 볼 것.
진짜 소통은 그때부터 시작된다.

그래도 사는 날까지는

아줌마, 괜찮아요?
왜 사람 놀라게 하고 그래요?
짜증나게.
갑자기 경련을 하더니 쓰러져서
아줌마가 죽는 줄 알았다구요.
우리 엄마 때처럼…….
다신 못 일어나는 줄 알았어요.

그리고 내 병원비……
왜 아줌마가 냈어요?
돈 많다고 자랑하는 거예요?
계좌번호 주세요. 퇴원하면 바로 돌려드릴 테니까요.

네? 아줌마네 미용실 가서 일 도와달라구요?
정말…… 그래도 되나요?
아줌마랑 같이 살자구요? 정말요?

아줌마들, 그렇게 웃지 마요, 민망하니까…….
저번에 저한테 물으셨죠?
'너는 나이도 젊은 게
어쩌다 이렇게 지랄 맞은 왕싸가지가 된 거냐' 고…….

그냥! 그냥 나도 힘들어서,
너무 힘들어서 악다구니 써본 거예요.
나만, 나만 힘들게 살아온 줄 알았어요.
난 힘들어 죽겠는데
아줌마들 웃는 소리도 듣기 싫었거든요.
나 빼고 다들 즐거운 것 같아서…….

세상이 날 버렸고
사람들이 날 외면한다고 생각했어요.
그래서 너무나 고독했어요.
벗어나고 싶어서 자살을 시도했는데

오히려 엄마가 먼저 나를 떠났죠.

근데 삶은 다른 사람을 위해
사는 게 아닌 거잖아요?
그냥 내 자신인 거라구요.
혼자라서 고독한 것도 아니고
혼자일 때 편안한 마음을 지킬 수 있다면
그런 고독은 그렇게 최악은 아니라는 걸
크리스탈 아줌마에게 배웠어요.
그런 걸 가르쳐준 어른은 아줌마가 처음이었어요.
아줌마들의 관심이 값싼 동정이 아니라
정말 관심이라는 걸 가르쳐준 사람도요.

이제 퇴원하면 이 병실은 다시 올 일 없겠죠.
하지만 크리스탈 아줌마 말대로
이젠 누구 붙들고 하소연도 하고
그냥 그렇게 살아볼래요.
그러니 크리스탈 아줌마!
아줌마도 끝까지 버텨봐요.
아무리 시간이 얼마 안 남았다 해도

사는 날까지 살아봐요.

그리고 아줌마들!

다음에 만나면, 놀라지 마요.

저 사실은, 왕수다쟁이니까!

남한테 받고만 싶은 마음

누군가 나에게 싫은 소리를 하거나
나를 구박하거나
나를 칭찬해주지 않거나
나를 인정해주지 않으면
사람은 실망하고 분하고 우울해진다.

사람들은 왜 꼭
타인이 나를 인정하고
타인이 나를 채워주고
타인이 내 곁에서 나를 위해주어야만
자기 존재가 살아날까?
세상 모두가 나를 알아주고
주변 사람이 죄다 나를 인정해야만
내가 가치 있는 사람이 될까?

그렇게 생각하고 살면
사람은 소외와 실망의 늪에 빠진다.
자신을 인정해주고
자신의 가치를 알아줘야 할 사람은
배우자 이전에, 가족 이전에,
오직 자기 자신이다.

저 하늘에 깜빡이는 별

크리스탈 아줌마가 하늘나라로 떠난 지도 벌써 1년······.
오랜만에 언니들 만나니 반가워요.
오늘, 정말 다들 눈부시게 젊고 예쁘세요.

저도 잘 지내고 있어요.
크리스탈 아줌마가 저한테 물려준 미용실도
잘 꾸려나가고 있고,
제 실력도 많이 늘었답니다.
옥자 아줌마도 종종 들러서
맛있는 반찬을 냉장고에 가득 채워주고 가시죠.

병원에서 제가 언니들한테 싸가지 없이 굴던 때가

까마득한 옛날 같아요.
그땐 크리스탈 아줌마가 '시간이 얼마 안 남았다' 고
말하던 게 그냥 하는 말인 줄 알았어요.
알고 보니 그때 이미 가망이 없었나봐요.
병 때문에 정말 많이 힘들었을 텐데도
저랑 사는 동안 저를 정말 아껴줬어요.

아줌마가 그랬어요.
해주고 싶은 게 너무 많다고.
오래 함께 하지 못해서 너무 미안하다고.

그리고 자기가 떠나고 나면
밤하늘에 깜빡이는 별이 되겠다고.
힘들고 지칠 때는
하늘을 올려다보라고 했어요.
자기가 내려다보고 있겠다고.

그래서 전 아줌마가 떠났어도 외롭지 않아요.
가끔 밤하늘을 올려다보면 거기 아줌마가 있거든요.

아줌마는 늘 병원 환자복이 너무 지겹다고 했어요.
그래서 자기 만나러 올 때는
세상에서 제일 예쁜 모습으로 와달라고 부탁했는데…….
언니들 고마워요.
이렇게 예쁜 모습으로 와주셔서.
그리고 이런 말 제 입으로 하게 될 줄 몰랐지만
꼭 하고 싶어요.
언니들하고 평생 함께하겠다고.

언니들의 삶을 응원해요.
크리스탈 아줌마 말처럼
힘든 삶, 그런 건 개나 줘버리자구요!

후회하고 싶지 않아

안녕하세요!
저는 5인실의 그녀들을 담당했던 의사랍니다.
5인실의 그녀들 때문에 많이 시끄러우셨죠?
병원에서 환자들이 울고불고 밤새 수다를 떨지를 않나
서로 소리 지르고 머리끄덩이 붙들고 싸우지를 않나…….
저도 사실은 다 보고 있었지 말입니다. 하하하!

이 세상 모든 여자들이 가지고 있는
차마 말로 다 하지 못할 고민과 사연…….
그거 가슴에 너무 담고들 사시지 않았나요?

그러지 말고 그녀들처럼 이야기하고
털어내보는 건 어떨까요?
여자들뿐만 아니라 남자들도 마찬가지예요.
남자들이라고 다 마음 편하게만 사는 건 아니죠?

술 마시고 늦게 들어오는 남편 때문에 힘들다 하시겠지만
남자들도 말로 다할 수 없는 고민이 참 많을 겁니다.
힘든데 말을 못하니 집에 오면 지치는 거예요.
여자나 남자나 다들 입을 다물고 살죠.
그런데 그렇게만 살면 재미가 없잖아요?

이제는 서로 노력이란 걸 하고 삽시다.
너무 빨리 늙지 않고 천천히 즐기면서
늙어가는 법을 부부가 함께, 가족이 함께,
젊은 사람들과 나이 많은 사람들이
함께 찾아야 해요.
백세 시대잖아요.
살아온 날보다 살 날이 많아요.
그러니 저도, 여러분도 함께 노력해요.
5인실의 아름다운 그녀들처럼!

• 연극 알고 보면 재미 있어요.   예매: 인타파크 1544-1555

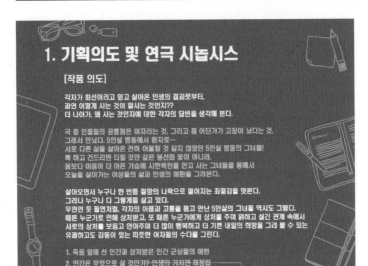

1. 기획의도 및 연극 시놉시스

[작품 의도]

각자가 최선이라고 믿고 살아온 인생의 결과로부터,
과연 어떻게 사는 것이 잘사는 것인지??
더 나아가, 왜 사는 것인지에 대한 각자의 답변을 생각해 본다.

극 중 인물들의 공통점은 여자라는 것, 그리고 몸 어딘가가 고장이 났다는 것.
그래서 만났다. 5인실 병동에서 환자로…
서로 다른 삶을 살아온 전혀 어울릴 것 같지 않았던 5인실 병동의 그녀들!
툭 하고 건드리면 터질 것만 같은 봉선화 꽃이 아니라,
몸보다 마음이 더 아픈 가슴에 시한폭탄을 안고 사는 그녀들을 통해서
오늘을 살아가는 여성들의 삶과 인생의 애환을 그려본다.

살아오면서 누구나 한 번쯤 절망의 나락으로 떨어지는 좌절감을 맛본다.
그러나 누구나 다 그렇게 살고 있다.
우연인 듯 필연처럼, 각자의 아픔과 고통을 품고 만난 5인실의 그녀들 역시도 그렇다.
때론 누군가로 인해 상처받고, 또 때론 누군가에게 상처를 주며 얽히고 설킨 관계 속에서
서로의 상처를 보듬고 안아주며 더 많이 행복하고 더 기쁜 내일의 희망을 그려 볼 수 있는
유쾌하고도 감동이 있는 따뜻한 여자들의 수다를 그린다.

1. 죽음 앞에 선 인간과 상처받은 인간 군상들의 애환
2. 인간은 무엇으로 살 것인가? 인생의 가치관 재정립

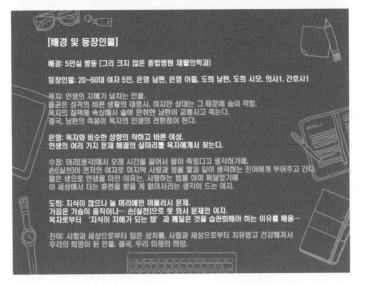

[배경 및 등장인물]

배경: 5인실 병동 [그리 크지 않은 종합병원 재활의학과]

등장인물: 20~60대 여자 5인, 은영 남편, 은영 아들, 도희 남편, 도희 시모, 의사1, 간호사1

옥자: 인생의 지혜가 넘치는 인물.
홀곧은 성적의 바른 생활의 대명사, 하지만 상대는 그 때문에 숨이 막힘.
옥자의 질책에 속상해서 술에 만취한 남편이 교통사고 죽는다.
결국, 남편의 죽음이 옥자의 인생의 전환점이 된다.

은영: 옥자와 비슷한 성향의 착하고 바른 여성.
인생의 여러 가지 문제 해결의 실마리를 옥자에게서 찾는다.

수정: 머리(생각)에서 오래 시간을 끌어서 딸이 죽었다고 생각하기에,
손(실천)이 먼저인 여자로 마지막 사랑과 정을 딸과 같이 생각하는 진아에게 부여주고 간다.
짧은 생으로 인생을 마친 이유는, 사랑하는 법을 이미 깨달았기에
이 세상에서 더는 훈련을 받을 게 없어서라는 생각이 드는 여자.

도희: 지식이 많으나 늘 머리에만 머물러서 문제.
가끔은 가슴이 움직이나… 손(실천)으로 못 와서 문제인 여자.
옥자로부터 '지식이 지혜가 되는 법'과 깨달은 것을 습관화해야 하는 이유를 배움…

진아: 사람과 세상으로부터 입은 상처를, 사람과 세상으로부터 치유받고 건강해져서
우리의 희망이 된 인물, 결국, 우리 미래의 희망.

[작품의 줄거리]

1막: 5인실 병동

불이 꺼진 새벽 병동 안, 악몽을 꾸는 듯 소리를 지르는 은영을 깨우는 옥자.
잠이 깨어 심통이 난 진아는 짜증을 낸다. 다음 날 까칠한 수정이 들어오면서 조용했던 병실이
어수선해진다. 신고식을 하려던 수정과 진아 사이에 갈등이 생기면서 이야기는 시작된다.

재수 없고 안하무인격인 진아와 저돌적이고 직설적인 수정이의 만남. 그리고 똑똑한 그녀 도희까지
합류하면서 병실은 점점 산만해지기 시작한다. 왕 씨가지 진아는 이 모든 것이 짜증 나고
불쾌하다. 그런 진아가 맘에 들지 않지만, 웬지 마음이 가는 수정, 갱년기 우울증으로 감정 기복이
심한 은영은 죽은 아들을 못잊고 남편으로 인해 괴롭고, 내연남과 이별을 하게 되어 불안한 도희는
자꾸 자신의 심기를 건드리는 수정, 은영 등과 잦은 충돌이 일어난다.

왕 언니 옥자는 그런 병실 분위기를 든든하게 지켜주려 애쓴다. 도희의 내연남 이야기에
다른사람들도 하나, 둘 자신들의 이야기를 털어놓으며 병실 안이 후끈 달아오른다. 무관심으로
일관하던 진아가 드디어 폭발하고 만다. 급기야 은영은 그런 진아의 뺨을 때리고 발악하는 진아와
머리채를 붙잡고 싸우는 수정, 그렇게 병실은 대소동이 벌어지며 아수라장이 된다.

그 후 서로의 아픔을 알게 된 그녀들은 각자 마음속 깊은 이야기를 꺼내놓는다.
아픔을 함께 나누며 더욱더 친숙해진 그녀들은 서로를 이해하며 보듬어 주다 하나가 된다.
말기 췌장암 환자 수정은 세상을 떠나며 진아에게 자신의 모든 것을 물려준다.

[작품의 줄거리]

2막: 헤어 삽 '크리스탈 정' 일각 - 수정이 죽고 1년 후

5인실의 그녀들이 진아가 수정에게 이어받은 미용실에 다시 모인다. 죽은 수정을 회상하며
그리워하는 옥자와 은영 그리고 도희와 진아. 환자복을 벗어 던지고 나타난 그녀들의 미모는
눈부시다. 수정은 심각한 말기 췌장암 환자였다. 병실을 나와 요양원에 있던 그녀는 진아를
생각하며 끝까지 인간힘을 쓰며 버텨 보려 했지만 결국은 죽고 만다.

5인실의 그녀들은 하나, 둘 그간의 이야기들을 나누며 행복해 하다가도 수정의 이야기에
모두 눈물을 흘린다. 옥자는 늦은 나이에 아들로부터 독립하여 달달한 연애 중이다.
은영은 죽은 아들을 마음으로부터 떠나 보내고 남편과 졸혼하며 자신의 인생을 살기 시작했다.
도희는 내연남과 관계를 정리하고 다니던 직장을 그만두고 남편과 귀농을 결심했다.
자신을 평생 짓누르는 트라우마에서 벗어나 건강해진 진아는 죽은 수정의 미용실을 운영하며
모두에게 희망을 전한다.

에필로그: 생판 남의 문제도, 서로 관계가 생기며 살펴보면 다 나의 일 같은 일들이다.
혼자 고립되어 자신의 생각과 한계가 세상의 전부인 양 낙담하고 슬퍼하고 좌절하는 삶 따위는
개나 줘 버리자. 너무 서두르지 말고 천천히, 누군가로부터 강요받은 삶을 대신 살려고 하지 말고
건강하고 당당하게 우리의 삶을 살자. 남은 그녀들은 그렇게 주장하며 세상으로 다시 들어간다.

-끝

2. 공연배우 및 스텝 캐스팅 현황

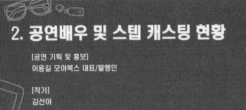

[공연 기획 및 홍보]
이용길 모아북스 대표/발행인

[작가]
김선아

[연출]
김성일[탤런트 MBC-TV 및 기업대표]

[배우]
1. 옥자: 김용선[탤런트 MBC-TV], 정유경[가수 겸 배우]
2. 은영: 류지애[연극배우], 김기령[연극배우]
3. 수정: 김나윤[연극 겸 뮤지컬 배우], 구혜령[연극배우]
4. 도희: 김경미[연출 겸 배우], 한혜수[연출 겸 배우]
5. 진아: 박수빈[연극배우], 윤지수[연극 겸 뮤지컬 배우],

[배우]
6. 의사, 은영남편, 도희남편[멀티 2명]:
   정경호[연출, 작가 겸 배우], 이범로[연극배우]
7. 도희 시모, 간호사[멀티 2명]:
   권남희[연극배우], 문상희[연극배우]
8. 아들, 병원직원[멀티 2명]:
   전신영[연극배우], 우현욱[연극배우]

[무대세트 및 공연장치]
황성은 극단 희래단 대표

[음악 감독]
김병철

[공연스텝 및 사무 보조원]
추후 채용 예정[4명]

울다 지친 당신을 위한 공감과 위로

한번쯤은 내맘대로

초판 1쇄 인쇄   2020년 02월 07일
　　1쇄 발행   2020년 02월 13일

지은이　　　 김선아
발행인　　　 이용길
발행처　　　 모아북스
　　　　　　　　MOABOOKS

관리　　　　 양성인
디자인　　　 이룸

출판등록번호 제 10-1857호
등록일자　　 1999. 11. 15
등록된 곳　　 경기도 고양시 일산동구 호수로(백석동) 358-25 동문타워 2차 519호
대표 전화　　 0505-627-9784
팩스　　　　 031-902-5236
홈페이지　　 www.moabooks.com
이메일　　　 moabooks@hanmail.net
ISBN　　　　 979-11-5849-125-3　　 03810

이 도서의 국립중앙도서관 출판예정도서목록(CIP)은 서지정보유통지원시스템 홈페이
지(http://seoji.nl.go.kr)와 국가자료종합목록 구축시스템(http://kolis-net.nl.go.kr)에서 이
용하실 수 있습니다. (CIP제어번호 : CIP2020005150)

모아북스 는 독자 여러분의 다양한 원고를 기다리고 있습니다.
MOABOOKS
(보내실 곳 : moabooks@hanmail.net)